D1664491

ROMEON

VERLAG

Aus dem Leben listiger Großmütter

1. Auflage, erschienen 4-2021

Umschlaggestaltung: Romeon Verlag
Text: Ludwig Bröcker
Layout: Romeon Verlag

Zeichung auf Seite 67: Malik Bröcker

ISBN: 978-3-96229-251-5

www.romeon-verlag.de
Copyright © Romeon Verlag, Jüchen

Bibliografische Information der Deutschen Nationalbibliothek:
Die Deutsche Nationalbibliothek verzeichnet diese Publikation in der Deutschen Nationalbibliografie; detaillierte bibliografische Daten sind im Internet über *http://dnb.dnb.de* abrufbar.

Ludwig Bröcker

Aus dem Leben listiger Großmütter

Zwei Erzählungen:

Zu diesem Buch

Das Buch enthält zwei Erzählungen, in denen jeweils eine listige mutige Großmutter die Hauptrolle spielt. Wer jetzt meint, es ginge um eine sentimentale Beschreibung von Großmutter-Enkel Beziehungen, der wird enttäuscht sein, obwohl unsere Großmütter es an Liebe zu ihren Enkeln nicht fehlen lassen.

Der Enkeltrick: Die Witwe Elisabeth (Lisbeth) wird von einem Paar von Betrügern heimgesucht, die versuchen, den Enkeltrick anzuwenden. Elisabeth gelingt es, einen vermeintlichen Polizisten im Keller einzusperren, in dem sie ihn für Wochen gefangen hält. Das führt zu skurrilen Situationen und einem überraschenden Ende.

Soscha: Die in Schönheit gereifte Schauspielerin Franziska (Franzi) lebt mit ihrer zugelaufenen Katze Soscha in einer Laubenkolonie, weil sie sich bei den gestiegenen Berliner Mieten keine Wohnung leisten kann. Eines Tages trägt Soscha einen Streifen aus Plastikfolie um den Hals, auf dem nur ein einziges Wort steht: HILFE.

Über den Autor:

Ludwig Bröcker wurde 1940 in Freiburg geboren, wuchs in Rostock und Kiel auf und studierte in Kiel und Grenoble Mathematik und Physik. Von 1975 bis 2006 war er Professor für Mathematik in Münster.
Seitdem lebt er mit seiner Frau, der Dermatologin Eva-Bettina Bröcker, in Würzburg.

Die beiden haben drei Töchter und fünf Enkelkinder. Seine Liebhabereien sind Lesen, Schreiben, Dichten, Segeln, Aquarellmalen.

Unveröffentlichte Werke:

- Sammlung von humoristischen Gedichten und ein Schauspiel: Monaden, Moneten und noch mehr Konfusion.
- Kinder-Jugendbuch: Philine.
- Kinderbuch: Vier Kinder, ein Feuer und Vierzehn Ferkel. Zusammen mit Eva B. Bröcker.

Der Enkeltrick

1.

Ach Lisbeth, was bist du heute wieder tüttelig. Sie stand am Fuße der Kellertreppe, machte noch ein Licht an und schaute um sich. Zur Linken die schwere Eisentür des Raumes, der ursprünglich einen Öltank beherbergte, aber schon vor vielen Jahren, nachdem sie auf Gas umgestellt hatten, so sagt man wohl, jedenfalls Helmut sagte es so, wurde der Tank rausgerissen, nicht durch Helmut, sondern von Männern in blauen Overalls.

Sie öffnete die Tür und betrat den Raum, der jetzt ein ganz brauchbares Badezimmer war, und das hatte ihr guter Mann tatsächlich selbst eingerichtet, na ja, nicht ganz: Die Leitungen für Wasser hatte der Klempner gelegt, ebenso für Abwasser unter fürchterlichem Geknatter von Presslufthämmern und jeder Menge Dreck. Aber immerhin, Elektroleitungen legen, verputzen, Fliesen legen, Waschbecken und Armaturen installieren, das hat er alles hingekriegt. Danach tat ihm, obwohl die Söhne Konrad und Justus gelegentlich gute Handlangerdienste leisteten, noch Monate lang der Rücken weh.

Lisbeth betrat den Raum, aber ihr fiel immer noch nicht ein, was sie eigentlich vorhatte. Das Bad wurde nur noch benutzt, wenn Besuch kam, von den Jungs in alter Gewohnheit oder den Enkeln, denn bei den heutigen Ansprüchen an Hygiene (und Styling) gäbe es vor dem Badezimmer im ersten Stock ein schreckliches Gedrängel.

Auch damals, als alle vier gleichzeitig aus dem Haus mussten, war das Bad im Keller eine Wucht. „Ich muss mal ins Gefängnis," sagt Justus jedes Mal, wenn er es aufsucht. „Warum muss der Papa ins Gefängnis?" klagte die kleine Lena. „Ach, nur ein Spaß", hatte Lisbeth ihre Enkelin beruhigt, „es war so: Als der Großpapa das Badezimmer fertig hatte, war da zuerst immer so schlechte und feuchte Luft drin. „Da habe ich einen Ventilator angeschlossen an das Rohr, durch das früher das Heizöl eingefüllt wurde", hatte Großpapa Helmut gesagt, worauf er ein Räuspern vernehmen ließ, und darauf Justus: „Genial, aber außerdem hatte er seine Flex hergenommen und einfach ein kleines Lüftungsfensterchen in die Eisentür gesägt." „Danach war es doch gut," „Klar, alter Herr, aber es sieht echt aus, wie ein Knast." Dein Papa machte immer so lustige Sprüche."

Lisbeth erinnerte sich an solche Szenen, als hätten sie sich erst kürzlich abgespielt, aber inzwischen war aus Lena eine junge Studentin geworden und Helmut, ach der Gute, er möge in Frieden ruhen.

Jetzt war ihr wieder eingefallen, was sie im Keller wollte. Sie ging in den Heizungs-Wäsche- Trockenkeller, um einen Blick auf die Waschmaschine zu werfen. Ein leises Surren und Ticken war vernehmbar: Noch nicht fertig. Und wieder gingen ihr Bilder von früher durch den Kopf: Helmut, die Jungs, die Enkel, aber ach, auch so viele Monate, in denen sich wenig ereignete.

In dem Moment schellte das Telefon, nein, es schellte nicht, es gab einen undefinierbaren Quäkton von sich, den Lisbeth nicht ausstehen konnte. Vielleicht könnten die Jungs das mal besser einstellen.

„Hallo, hier Frau Ewald."

Mit einschmeichelnder Mädchenstimme ein vorsichtiges

„Hallo."

„Ja, hallo."

Dann wieder nichts.

„Lena?"

„Erraten."

„Du hörst Dich so anders an."

„Leider, ich bin total erkältet." Gehüstel.

„Armes Kind. Bist Du in Bielefeld?"

„Wo denn sonst? Mir geht's super, aber sag mir erst: Alles gut bei Dir? Ich denke so oft an Dich."

„Das ist lieb von Dir."

Wieder eine kurze Pause. Meine liebe Elisabeth Ewald geborene Kranz, sei auf der Hut, hier stimmt was nicht. Schon öfters hatte sie in der Zeitung von Enkeltrick- Betrügern gelesen. Wie konnte sie so dämlich sein, Lenas Namen zu nennen und den Studienort Bielefeld, wo sich Lena sich vermutlich aufhielt.

Sie saß in dem halbdunklen Flur, hatte den Ellenbogen auf die kleine Kommode gestützt, auf der schon immer das Telefon Platz fand, früher ein solides mit Wählscheibe, und jetzt ein ganz leichtes mit Quäksignalton, und starrte mit einem Gefühl von Empörung und Verunsicherung auf den Hörer.

„Hallo, bist Du noch da?"

Lisbeth ahnte, dass sich ihr Gegenüber in der kurzen Pause mit einem Komplizen beraten hatte. Sie beschloss, auf jedes Wispern zu achten, das eventuell aus der Leitung zu hören wäre, und antwortete, wobei sie versuchte, sich ihre Erregung nicht anmerken zu lassen:

„Natürlich, meine Liebe."

„Du, hier ist grad ganz schlechter Empfang, ich leg mal auf und meld' mich gleich wieder."

Aha, ist das die Strategie, um mich ans Telefon zu fesseln, ohne dass ich selbst aktiv werden kann? Sie musste gestehen, dass Ihre Gegner, sie glaubte jetzt an mehrere, ziemlich ausgekochte Ganoven waren. Zum Beispiel hatte das Mädchen vermieden, sie anders anzureden, als mit Du, und überhaupt stützte es sich nur auf Informationen, die sie von ihr selbst hatte. Na wartet, ich lege gleich eine Mine. Als das Telefon sich wieder meldete, griff sie mit etwas zitteriger Hand nach dem Hörer und sagte nur:

„Hallo."

Von der anderen Seite mit Engelsstimme:

„Ich bin's wieder, wie schön, dass ich Dich wieder hören kann."

„Ja mein Kind, aber jetzt erzähl mir doch, wie es mit deinem Medizinstudium geht, ich bin ja so stolz auf dich, dass du die Zulassung geschafft hast."

„Das kannst du auch sein. Abgesehen von meiner Erkältung hab ich eine Glückssträhne zu fassen."

Treffer-versenkt. Lena studierte Mathematik und nicht Medizin, abgesehen davon, dass man in Bielefeld gar nicht Medizin studieren kann. Ihre erste Regung war, den Hörer auf die Gabel zu knallen, aber eine Gabel gab es nicht mehr, sondern nur noch dieses leichte Dings, das man immer sorgfältig auf das wackelige Bums zurücklegen musste. Auf einmal fragte sie sich, wozu schon seit Jahrzehnten unter dem Telefon ein Deckchen lag. Ihr Blick schweifte über den Flur, die schmale geschwungene Treppe mit dem ewig gleichen Läufer, der an jeder Stufe durch eine Stange (Altmessing) gehalten wurde und die Garderobe (Eiche rustikal), immerhin groß genug für eine Person, die gediegenen Türen zum Wohnzimmer und zur Küche, beim Windfang das Gästeklo, nicht zu verfehlen, weil, mit einem lustigen Schildchen versehen. Da fühlte sie sich, als wäre gerade ein Vorhang aufgegangen, um sie herum das Bühnenbild und sie spielte die Hauptrolle im Boulevardtheater: Eine liebenswerte schusselige Witwe, Mrs Wimmerforth, oder doch lieber eine plietsche Alte wie Miss Marple.

„Hallo, bist Du noch da?"

„Ja, ja meine Liebe, ich bin gespannt auf Deine Glückssträhne."

„Ja, aber das ist noch geheim. Versprich mir, dass du es niemandem weitererzählst."

Lisbeth hätte sich wohl anders ausgedrückt, aber die Schauspielerin in ihr heuchelte ein flottes

„Versprochen."

„ Jetzt halte dich fest: Ich habe eine total süße Wohnung an der Hand: Wohnküche, kleines Schlafzimmer und ein ganz tolles Bad. Na, du wirst sie ja bald mit eigenen Augen sehen."

„Aber Kindchen, das kostet doch sicher sehr viel Miete."

„Nicht mieten, kaufen will ich die."

„Du lieber Himmel! Lena, was sagen dann Vati und Mutti dazu?"

Das war noch eine Falle: Justus und Katrin wurden Mama und Papa genannt.

„Ich sag doch, das muss geheim bleiben. Du weißt doch, wie Vati immer ist. Das wird unsere Wohnung, sie wird uns beiden gehören. Ist das nicht toll?"

Gleich kommt sie, die Bitte um Geld, viel bares Geld, soviel war jetzt klar.

„So eine Wohnung kostet doch sicher viel Geld, wie soll das gehen?"

„Das ist es ja, das ist ein Schnäppchen, das darf man sich nicht entgehen lassen."

„Und nun meinst du, die Omi könnte Dir helfen?"

„Weil Du die allerliebste Omi von der ganzen Welt bist."

Das mit der „Omi" war noch ein weiteres Späßchen. Lisbeth wurde von allen Enkelkindern Großmama genannt.

„Ach Kindchen, wir beide? Ich bin doch auch kein Krösus."

„Aber liebste Omi, wir brauchen doch nur die Hälfte. Die andere Hälfte kann man finanzieren, das hab ich alles schon mit dem Notar besprochen, und schwups, schon sind wir beide Immobilienbesitzer."

„Ich besitze doch schon ein Reihenhaus."

„Ach Omi, so kenne ich dich ja gar nicht, so zugeknöpft, als wenn du nicht meine liebste Omi wärst."

Bei allem Spaß, die tüttelige Alte zu spielen, schlich sich bei Lisbeth doch ein Gefühl von Ekel und Widerwillen ein. Sie musste versuchen, das Verfahren abzukürzen, doch zugleich stellte sie sich vor, wie köstlich es wäre, wenn sie dieses Gör samt deren Hintermänner der Polizei auf dem Teller servieren könnte.

„Ohne jetzt irgendetwas zu versprechen, aber sag mir doch, wie viel Eigenkapital müssen wir auf den Tisch legen?"

„Omi, du hörst dich ja richtig professionell an. Also, das wären (etwas leiser) 30000."

„Du lieber Himmel, Lena, so viel Geld!"

„Eigentlich 32000, 2000 kann ich selber beisteuern. Aber schau mal, das Geld ist doch nicht weg. In ein paar Jahren ist die Wohnung 100000 wert, und du hast 20000 Gewinn gemacht, einfach so."

„Wo soll ich denn plötzlich so viel Geld hernehmen. Das sind doch meine Rücklagen fürs Alter."

„Omi, du bist doch noch super fit. Jetzt hast du die Gelegenheit, noch mal was Tolles zu deichseln, mit mir zusammen, allerdings nicht mehr lange, sonst fischt uns ein anderer die Wohnung weg."

„Das ist alles nicht so einfach. Das Geld muss erst vom Sparkonto auf das Girokonto und von da auf das Anderkonto des Notars. Dazu brauche ich Unterlagen, zumindest die Kontonummer und so weiter. So war das, als wir unser Haus gekauft hatten. Ach, das ist so lange her."

„Du Omi, so läuft das nicht mehr. Jedenfalls nicht bei so einem Schnäppchen. Aber weißt Du, wir haben Glück. Der Notar ist gerade bei dir in Osnabrück. Er käme vorbei, zeigt dir den Vertrag und gibt dir eine Quittung für die 30000, dann fährt er nach Bielefeld und bringt mit mir die Sache über die Bühne."

„Ach Lena, ich weiß nicht."

„Omi, wenn wir das heute nicht hinkriegen, ist die Wohnung futsch. Das würde ich dir nie verzeihen, und du willst doch sicher für immer meine allerliebste Omi sein."

„Ja, ja, ich geh ja schon."

„Zur Bank?"

„Natürlich zur Bank, aber da wird es ein wenig dauern."

Puh, stöhnte Lisbeth, nachdem sie den Hörer aufgelegt hatte, aber alles in allem fand sie, dass sie ihre Rolle gut gespielt hatte. Übrigens war auch die Gegenseite äußerst zufrieden mit dem Verlauf des Gesprächs. Wieder meldete sich das Telefon.

„Hallo."

„Hallo Omi, Ich wollte dir nur noch gute Verrichtung wünschen."

„Ist ja gut, ich bin ja schon fast auf dem Weg. Ich muss mich nur noch etwas zurechtmachen. Meine Haare vor allem. Die Unterlagen liegen schon bereit."

Sie hatte keine Unterlagen rausgesucht, sondern nur ihrem Sekretär, neben einem Glasschrank mit Restbeständen von Meißener Porzellan das einzige Erbstück aus dem Haushalt ihrer Eltern, einen größeren weißen Umschlag entnommen. Damit ging sie in die Küche, holte aus einer unteren Schublade eine Rolle Butterbrotpapier, und schnitt daraus viele rechteckige Blätter, die in ihrer Größe etwa einem 500-Euro Schein gleichkamen. Genau wusste sie es nicht, denn sie hatte noch nie solche Scheine in der Hand gehabt. Die Blätter steckte sie in den Umschlag und den Umschlag in eine leichte Tasche. Dann warf sie sich eine Steppjacke über, vergewisserte sich, dass sie ihr Handy dabeihatte, und verließ sieben Minuten nach dem letzten Anruf, nämlich gegen 14.15 Uhr das Haus.

Die kleine Pforte zwischen ihrem Vorgarten und dem Gehsteig ließ sie unverschlossen.

2.

Für Ende Oktober war es ein verhältnismäßig warmer und zugleich sehr windiger Nachmittag. Allenthalben wirbelte trockenes Laub über ihren Weg, tanzende Blätter, die bald im Schlund eines erbarmungslosen Laubsaugers verschwinden würden, vorzugsweise morgens um viertel vor sieben.

Zur Sparkasse war es nicht weit, erst ging es nach links bis zur nächsten Kreuzung. Die Straße, an der sie seit vielen Jahrzehnten lebte, kam ihr seltsam fremd vor, wie aus Potemkinschen Fassaden und dahinter keine Stuben. Saß da jemand in einem der parkenden Autos auf der gegenüberliegenden Straßenseite, der sich mit bösen Blicken an ihre Schritte heftete?

Lisbeth bemühte sich, möglichst unauffällig alle Seiten im Auge zu behalten, bemerkte aber nichts. Sie bog rechts ab, und schon an der nächsten Kreuzung zeigte ein deutliches Stoppschild die Hauptstraße an. Lisbeth ging darauf zu: Wo sind die gierigen Augen, die sich an mir festkrallen? Auf der Hauptstraße ging es wieder nach links, zwei Blocks weiter war schon das Schild mit dem großen S zu sehen. Hier waren viel mehr Leute unterwegs, Frauen, Männer, junge Mädchen, zu zweit oder dritt, die einen schlenderten zwanglos dahin, die anderen setzten ihre Schritte gezielt im Bewusstsein des Schaukelns ihrer Hüften. Kinder immer in Bewegung, meist auf irgendeinem Fahrzeug, aber die musste sie nicht beachten.

Manche waren irritiert, wenn sie die geradewegs anstarrte, und das war ihr wiederum peinlich. Und da ein Blick, der sie wohlig berührte, ein Kopf mit roten Haaren. Ach, das ist ja Uschi, ihre Freundin von „schräg gegenüber". Sie umarmten sich kurz. „Ich hab dich schon lange gesehen, aber du guckst überall hin, nur nicht geradeaus", sagte Uschi. „Ja, ja du, ich muss ganz schnell weiter und noch allerlei erledigen, ich ruf dich nachher an."

Für einen Moment hatte sie daran gedacht, ob sie sich Uschi anvertrauen sollte, denn Uschi war lustig, immer für einen Spaß zu haben, aber geschwätzig, sofort würde auch Oskar, ihr Mann, Bescheid wissen. Oskar, von dem sie meinte, er sei total lieb und zuverlässig, aber ein engagierter Langweiler.

Vorbei ging es an einem Döner- Stand, vor dem einige Typen, darunter zwei Frauen, abhingen, wie sich ihre Enkel auszudrücken pflegten, mit und ohne Migrationshintergrund. Sie ließen die fleischigen Arme baumeln, damit alle ihre Tattoos bewundern könnten.

Vor der Änderungsschneiderei fiel Lisbeth ein, dass sie da auch noch was liegen hatte. Später, dachte sie, auch den Bäcker passierte sie und den Friseur, den sie nur einmal und dann nie wieder aufgesucht hatte. Überall Menschen, aber keiner besonders auffällig.

Kurz hinter der nächsten Kreuzung sah sie schon die Tische, auf denen Berge von Obst und Gemüse balancierten, Weintrauben, Äpfel, Birnen, Apfelsinen, Mandarinen, Bananen und allerlei Exoten neben Paprika, Kürbissen, Gurken, Kohl, Salatköpfen und natürlich Tomaten über Tomaten. Dazwischen stand Ahmed, bediente die Waage und grüßte höflich. Auch die beiden bildhübschen Töchter waren fleißig, eine mit und eine ohne Kopftuch. Lisbeth fragte sich, ob die Mädchen nach 25 Jahren wohl aussähen wie ihre Mutter, die hinten im Laden rundlich und schwarz verhüllt an der Kasse waltete. Hier war keine Gefahr, keine Dealer, keine Vettern, die schwarz arbeiten und Sozialhilfe einstreichen, niemand, der für seinen Präsidenten Schnüffeldienste leistet.

Vor der Sparkasse kam noch ein Bäcker. Über vier Stehtischen vier unauffällige Gesichter, an den Kaffeetassen Finger, die möglicherweise gleich ein Handy aus der Tasche ziehen, und darein wird geflüstert: „Sie betritt die Sparkasse."

Die Eingangstür schob sich zur Seite. Einige von den verschiedenen Automaten wurden von Kunden bedient oder auch nur scheinbar bedient. Es gab keine Möglichkeit, das herauszufinden. Außerdem gab es in dem Raum noch einen kleinen Informationsstand und dazu eine junge Frau, die Lisbeth anlächelte, und das Lächeln erwidernd (man kannte sich flüchtig) bat Lisbeth um eine kurze Beratung, einen Immobilienkauf betreffend, worauf die angehende Bankerin sie in einen Nachbarraum führte und darum bat, noch einen Moment auf einem geräumigen Sofa Platz zu nehmen.

Nach etwa zehn Minuten zeigte sich ein Chef oder stellvertretender Chef oder was auch immer, jedenfalls, Lisbeth kannte ihn nicht und umgekehrt galt wohl das gleiche. Sie entschuldigte sich vielmals, sie hätte es sich doch anders überlegt, sie würde grad noch einen Wagen bestellen und seine wertvolle Zeit nicht länger in Anspruch nehmen. Dann ging sie wieder in den Schalterraum, stellte sich zum Informationsstand und begann eine kleine Konversation, es gab ja genug zu besprechen, das Wetter, den Wind, das liebe Geld, dass in zwei Monaten schon wieder Weihnachten wäre…

Den weißen Umschlag hatte sie jetzt so in die Tasche gesteckt, dass eine Ecke herausschaute. Dabei hielt sie jeden, der die Bank betrat, scharf im Auge.

Sie bemerkte das Taxi, rief noch „Tschüs", und war erstaunlich schnell zur Tür hinaus, mit wenigen Schritten über den Gehsteig und im Auto gelandet. Der Fahrer, ein junger Mann, hatte die Tür mit langem Arm schon etwas offengehalten. Hätte Lisbeth sich altersgemäß bewegt, wäre er sicher ausgestiegen, und hätte in aller Form die offene Tür gehalten und hinter ihr geschlossen, aber jetzt sagte er nur: „Sie haben es aber eilig, haben sie gerade die Sparkasse ausgeräumt?" „Na klar", flüsterte sie und nannte ihre Adresse.

Als der Fahrer ob der kurzen Distanz sein Erstaunen ausdrückte, murmelte sie noch etwas von Blase am Fuß, schrecklichen Schmerzen, sofort Schuhe loswerden. Auf dem kurzen Weg hatte sie schon 10 Euro zurechtgelegt, und verließ vor ihrem Haus, ohne das Wechselgeld abzuwarten, das Taxi genauso schnell, wie sie zugestiegen war.

Zuhause angekommen, musste sie sich erst einmal setzen und ein wenig durchatmen. Was war zu tun? Die 110 wählen und erklären was passiert ist. Dann kommt vielleicht ein Streifenwagen, und schon haben sich die Ganoven verflüchtigt, zwar ohne Geld, aber leider auch in Freiheit. Alles wäre einfach, wenn sich zwei Beamte schon in der Wohnung verschanzt hätten. Dann käme der vermeintliche Notar an die Tür, sie ließe ihn herein, und schon hieße es: Zugriff! Wundervoll ! Aber wie kommen die Beamten unbemerkt ins Haus? Sie musste nicht lange über diese Frage nachdenken, denn wieder meldete sich das Telefon:

„Ja, Ewald."

„Frau Ewald, hier spricht die Polizei! Frau Ewald, soeben wurden wir von ihrer Sparkasse informiert, dass sie einen höheren Geldbetrag abgehoben haben. Frau Ewald, wir müssen Sie warnen! In ihrer Gegend sind Kriminelle unterwegs, so genannte Enkeltrick-Betrüger."

„Ist es möglich?"

„Frau Ewald, bleiben sie ganz ruhig, wir schicken einen Beamten, der ihr Geld sicher zur Bank zurückbringt."

„Gott sei Dank, ich hatte schon selbst ein ungutes Gefühl dabei."

„Bleiben Sie am besten am Apparat, dann kann ihnen nichts passieren."

Lisbeth fühlte sich schwummerig. Was für ein Irrsinn, dachte sie, welches Geld hätte sie abgehoben? In ihrem Kopf spielte sich ein lächerlicher Tatort ab: Sie ist die junge Polizistin, die den Entführer stellen wird, sie dringt in das Haus ein, alleine ohne jede Vernunft, stößt alle Türen auf und wedelt mit der Waffe, links, rechts, aber der Schlag kommt aus der Besenkammer, und aus der Bewusstlosigkeit erwachend hört sie es rufen: „Hier spricht die Polizei, kommen sie raus und legen die Waffe nieder." Aber der

Entführer ist hartnäckig. Er packt die kleine Lena an den Haaren und hält die Waffe an ihre Schläfe, ausgerechnet die Dienstwaffe.

Auf einmal hatte es Lisbeth sehr eilig: Sie sprach „bis gleich" in den Hörer, steckte ihn in die Tasche und wühlte aus der Abstellkammer eine zusammengeklappte Schaumstoffmatratze hervor, die sie einfach die Kellertreppe runterpurzeln ließ.

Aus dem Telefon kam ein Geräusch und sie sagte nur

„Hallo."

„Frau Ewald, was ist los bei ihnen, ist da jemand?"

„Nein, ich mache grad die Wäsche."

„Bitte, bleiben sie ganz ruhig."

Lisbeth schlich in den oberen Stock und entnahm dem Gästebett Decke und Kopfkissen. Das alles stapelte sie in eine Ecke des Badezimmers im Keller, wobei sie nicht vergaß, ab und an „alles in Ordnung" in den Hörer zu wispern. Ach, und noch der Umschlag: Sie stieg noch einmal in den Keller und legte ihn in eine Truhe, die schon immer in dem Bad stand und zur Aufbewahrung von frischen Handtüchern diente. Als besondere Tücke legte sie den Umschlag ganz nach unten. Dann begab sie sich ins Wohnzimmer und beobachtete, den Vorhang nur ein wenig zur Seite schiebend, die Straße. Wie könnte sie jetzt noch bewirken, dass richtige Polizisten unbemerkt ins Haus gelangen? Vielleicht durch den Hintereingang, aber der Weg zwischen den kleinen Gärten war kompliziert. Vermutlich würde die Polizei doch lieber mit Trara vorfahren als sich auf obskure Pläne einer tütteligen Witwe einzulassen.

Es war ohnehin zu spät: Zwei Uniformen näherten sich ihrem Haus.

3.

Lisbeth ging gleich nach draußen und schloss die Haustür hinter sich. Die Uniformen erwiesen sich als dunkelblaue Arbeitsanzüge, wie man sie in jedem Baumarkt kaufen konnte. Auf die Brusttaschen waren rote Schilder geklebt oder genäht mit der Aufschrift: Polizei. In der einen Uniform steckte ein Mann, mittelgroß und mittelbreit, um das Kinn herum etwas bärtig, leicht ergraut, und auf dem Kopf saß eine von den üblichen Schirmmützen, aber ohne Beschriftung. Seine junge Begleiterin war ebenso bekleidet. Aus ihrer Mütze hing ein blonder Pferdeschwanz.

„Guten Tag, Frau Ewald, da sind wir schon", sagte der vermeintliche Polizist. Darauf Lisbeth, als wäre sie stolz auf ihre souveräne Art, mit der Situation umzugehen:

„Darf ich bitte ihren Ausweis sehen?"

„Selbstverständlich."

Er holte in der Tat ein kleines Kärtchen aus der Tasche, hielt es für den Bruchteil einer Sekunde hin und verstaute es wieder.

„Ich schätze es ja so, wenn alles seine Korrektheit hat", heuchelte Lisbeth, „richtige Polizei mit scharfen Waffen!" Dabei sah sie aber keine Halfter und entdeckte auch sonst keine verdächtigen Ausbuchtungen der Hosentaschen.

„Hat ihre junge Kollegin denn auch einen Ausweis?"

„Ich bitte sie, sie sind ja eine ganz Genaue, es genügt doch wohl"…

In dem Moment näherte sich auf dem gegenüberliegenden Gehsteig eine Aktentasche an einem Arm und darüber ein erstaunter Blick, Oskar. Lisbeth grüßte vernehmlich und sagte:

„Das ist unser Nachbar, er kommt gleich rüber um mich zu beraten, der Immobilienkauf, sie wissen ja, aber das hat sich ja jetzt erledigt."

Doch sogleich merkte sie, dass sie einen Fehler gemacht hatte, denn jetzt hatten die beiden Strolche keine Zeit mehr zu verlieren, jetzt würden die beiden unverrichteter Dinge verschwinden. Sie sah der jungen Frau in die Augen und bemerkte:

„Sie sagen ja gar nichts."

Aus gutem Grund sagte sie nichts, und dann passierte etwas, das beinahe die ganze Aktion zum Platzen gebracht hätte, auf beiden Seiten, denn der Komplize sagte tatsächlich:

„Hol schon den Wagen."

Gut, er sagte nicht: Hol schon mal den Wagen, aber auch so hatte Lisbeth Mühe, ein Lachen zu verkneifen. Als ihre Jungs in Münster studierten und nach einem reichlichen Mittagessen bei Muttern am späten Sonntagnachmittag wieder in Richtung ihrer Buden aufbrachen, war es stets das Signal, mit dem Konrad zum Aufbruch blies: Justus, hol doch schon mal den Wagen (der Wagen war ein älterer Polo).

Die junge Frau entfernte sich tatsächlich in Richtung Straße. Lisbeth sagte:

„Dann hole ich jetzt den Umschlag."

Ihr Plan war, ins Haus zu gehen, hinter sich die Tür zu schließen und sofort die Polizei zu rufen, aber es kam anders: Als sie die Tür öffnete schob sie der Mann mit impertinenter Dringlichkeit vor sich her. Sie sagte schnell:

„Sie werden verstehen, dass ich das viele Geld sicher versteckt habe. Ich zeige es Ihnen. Bitte folgen Sie mir. Die Tür machen wir lieber zu, sonst kommt unser Nachbar, den sie eben gesehen haben, noch rein, und der ist schrecklich neugierig."

Dann stieg sie die Kellertreppe hinab, das Geländer sicher im Griff haltend, öffnete die schwere Eisentür zum Badezimmer und machte das Licht an.

„Da in der Truhe", flüsterte sie, um ihrer Stimme einen geheimnisvollen Klang zu geben, „unter den Handtüchern."

Der Mann öffnete die Truhe sofort, wühlte sich mit seiner Hand durch die Handtücher und fand den Umschlag, der sich ziemlich gut anfühlte. In dem Moment hörte er, wie die Tür ins Schloss fiel und ein Schlüssel gedreht wurde.

Er sprang sofort zurück, rüttelte am Griff und schrie:

„Was soll das? Sind sie verrückt? Ich bin die Polizei!"

Er griff in den aufgerissenen Umschlag, doch ihm schwante schon, was darin stecken würde: nichts als ein Haufen Papier.

„Damit kommen sie nicht durch", schrie er, „das ist Gewalt gegen Beamte,

wir werden sie anzeigen wegen Irreführung und Widerstand gegen die Staatsgewalt. Dafür gibt es empfindliche Strafen."

„Zeigen sie doch bitte noch einmal ihren Ausweis, ich konnte ihn noch nicht richtig begutachten."

Das tat er nicht. Stattdessen brüllte er:

„Meine Kollegin wird mich hier rausholen."

In dem Moment schellte es, worauf der vermeintliche Polizist ein dreckiges Lachen von sich gab, aber dann fiel ihm ein, dass er einen Fehler gemacht hatte: Er hätte sich nicht darauf einlassen dürfen, dass die Haustür geschlossen wurde. Durch eine offene Tür wäre seine Partnerin unbemerkt hineingeschlüpft und könnte die alte Schachtel fesseln und knebeln nach allen Regeln der Kunst. Geld gab es dann trotzdem nicht, aber ein bisschen Schmuck absahnen wäre ja noch drin gewesen. Allerdings, er hätte dazu keinen Mut.

Lisbeth ging zur Haustür, öffnete sie aber nicht, sondern schaute aus einem Fenster im oberen Stockwerk.

„Hallo."

„Wo ist denn mein Kollege?"

Lisbeth meinte ziemlich klar die Stimme der vermeintlichen Lena zu erkennen.

Sie rief:

„Ihr Kollege hat den Umschlag mit dem Geld an sich genommen. Er ist aus dem Hinterausgang raus, aus Sicherheitsgründen, sagte er. Ich will doch sehr hoffen, dass alles seine Richtigkeit hat. Mein Gott, das viele Geld!"

„Fuck, fuck, fuck!" Das war alles, was von der so genannten Kollegin noch zu hören war, dann rannte sie ein Stück auf der Suche nach Hinterausgängen, besann sich aber und brauste mit dem Auto davon.

Lisbeth schlich sehr leise in den Keller zurück, traute sich aber nicht bis vor die Tür des Badezimmers, das die Kinder immer als Knast bezeichneten, denn die kriminelle Energie, die sie in dem Raum verschlossen hatte, flößte ihr plötzlich Schauer ein. Allein, außer, dass ab und an vergeblich die Türklinke betätigt wurde, geschah nichts. Dann hörte sie ein Handy, und daraus sofort etwas, das sie natürlich nicht verstehen konnte, aber es hörte sich deutlich wie ein heftiges Geschimpfe an. Immerhin, aus dem, was ihr Gefangener sagte, also dem halben Dialog, ließ sich schon genug entnehmen:

„Nein, ich sag dir, ich bin nicht mit dem Geld abgehauen."

„Das musst du mir glauben, da war gar kein Geld."

„Weil die Alte uns ausgetrickst hat."

„Weil ich keine Kanone dabei hab, verdammt noch mal."

„Hätte, hätte, hätte."

„Hörst du mich? Hier ist ein Scheißempfang, und ich sag's dir nochmal: Ich bin nicht mit dem Geld abgehauen."

„Weil ich in einem Scheißbadezimmer eingeschlossen bin, und die Tür ist aus Scheißeisen."

„Lächerlich sagst du. Mir ist überhaupt nicht nach Lachen zu Mute."

„Und wenn du mir tausend Mal nicht glaubst! Ach, leck mich doch! Fuck!"

Jetzt machte sich Lisbeth geräuschvoll bemerkbar:

„So, so, Herr Fack, jetzt aber mal ehrlich."

„ Ich heiße nicht Fuck, wie kommen sie darauf? "

„Sie haben sich doch eben am Handy mit Fack gemeldet, und wie ich durch das Fensterchen sehen kann, haben sie das Handy noch in der Hand."

Dabei hatte Lisbeth nur für einen kurzen Augenblick durch das Fenster gesehen, furchtsam zurückweichend, denn mehr und mehr wurde ihr die Absurdität der Situation bewusst, und sie besorgte sich um ihre eigene Sicherheit.

„Was reden sie fürn Quatsch!"

„Wieso Quatsch. Ich habe Ihrer Kollegin gesagt, sie seien mit dem Umschlag voller Geld aus dem Hinterausgang raus, und da hat sie dreimal nach ihnen gerufen: Fack, Fack, Fack."

„Man! Fuck! Haben sie das wirklich gesagt?"

„Natürlich Herr Fack, sie geben ja selbst zu, dass sie so heißen, oder ist das nur ihr Künstlername? Dann zeigen sie mir doch ihren Personalausweis und nicht dieses lächerliche Stück Pappe von eben."

In dem Moment meldete sich ihr Telefon. Lisbeth eilte nach oben und griff zum Hörer.

„ Ja, Ewald."

„Hier ist Lena."

„Du Miststück, dich erwisch ich auch noch."

„Aber Großmama."

O weh, das hatte Lisbeth noch mit halbem Ohr gehört, als sie die Beenden-Taste drückte. Das war ja die richtige Lena! Was tun? Sie atmete mehrmals durch und versuchte dann zurückzurufen, aber es ertönte das Besetzt- Zeichen. Dann versuchte sie es mit dem Handy, mit demselben Erfolg, doch es wurde ihr angeboten, eine SMS zu schicken. Auch das gelang nicht, denn das blöde Dings wollte immer was Anderes schreiben, als sie vorhatte. Ihr Sohn Konrad würde jetzt sagen: Typische Tyrannei der künstlichen Intelligenz über die natürliche.

Lisbeth war erschöpft. Aus dem Gefängnis hörte sie es rumpeln. Sie nahm den Hörer mit ins Wohnzimmer, verschloss alle Türen und ließ sich in einen Sessel fallen. Jetzt sollte sie die Polizei rufen, aber was würde passieren? Die Beamten kämen und fänden im Keller einen Mann im Klempneranzug. Das Schildchen mit der Aufschrift „Polizei" hätte er schon längst entfernt. Der Kerl würde dreist behaupten, er wäre wegen einer geplanten Renovierung des Bads gerufen worden, aber die verrückte Alte habe ihn plötzlich eingesperrt. Dass sie verrückt geworden wäre, würde am Ende auch ihre eigene geliebte Enkeltochter bestätigen. Andererseits, den Typen einfach zu entlassen, kam auch nicht in Frage. Er würde sich rächen, er würde sie ausrauben und, schrecklichste aller Vorstellungen, er würde sie foltern.

Noch einmal versuchte Lisbeth, ihre Enkeltochter anzurufen, aber die Leitung war immer noch besetzt. Dann wagte sie sich doch auf den Flur, und weil sie aus dem Keller ein Gerumpel hörte, ging sie in den Vorgarten und lauschte, ob das wohl auf der Straße zu hören wäre, aber weil die ehemalige Ölleitung mit mehreren Kurven quer durch den Keller verlief, war allenfalls ganz schwach das Surren des Ventilators vernehmbar. Auf die Installation dieses Quirls war Helmut ja besonders stolz. Er saß irgendwo außerhalb des Bads, wo man gut „rankam", und war synchron mit der Beleuchtung geschaltet. Jetzt fiel Lisbeth ein, dass sie schon früher festgestellt hatten, dass Konrads Duschraumgesänge von der Straße aus nicht zu hören waren.

Wieder schellte das Telefon. An der Leitung war Justus:

„Sag mal, Mama, was ist los? Eben hat uns Lena angerufen und die ganze Zeit geweint. Du hättest sie ausgeschimpft, ein Miststück genannt und aufgelegt."

„Ja, es tut mir so leid, ein schreckliches Missverständnis!"

„Mama, alles in Ordnung bei dir?"

„Ja, nein, ich bin noch ganz durcheinander. Du hast doch sicher schon von solchen Enkeltrick-Betrügern gehört. Erst vor einer Woche wurde in unserer Zeitung vor denen gewarnt, und denk mal, einen haben sie wirklich geschnappt."

„Denn ist ja gut."

„Nichts ist gut. So eine hat bei mir angerufen und mit heiserer Stimme nur „hallo" gesagt, und ich dumme Nuss dann: „Lena, bist du es?"

„Und dann?"

„Dann hat diese Person mich permanent angerufen, so getan als wenn sie Lena wär, mich vollgeschleimt, und irgendwann wollte sie Geld. Darauf falle ich natürlich nicht rein, Ich hab ja sofort gemerkt, dass da was nicht stimmt."

„Mann, Mann, Mann!"

„Dann wollte ich die Polizei anrufen, damit diese Person geschnappt wird, und in dem Moment ruft Lena an, unsere richtige liebe Lena."

„Ach, so ist das! Sollen wir vorbeikommen? Die ganze Aufregung ! Schaffst du das?"

Lisbeth war froh, dass Justus mit Familie in Hannover wohnte und nicht mehr in Münster, denn aus Münster wäre er sicher gekommen. So viel Unwahres hatte sie ja nicht erzählt, aber umso mehr Wahres verschwiegen. Sie sagte:

„Ich komm schon zurecht, ich geh gleich zu Uschi und Oskar rüber, um den Schrecken zu verdauen, aber bitte, tue mir einen Gefallen, ruf Lena an und erklär ihre alles. Ich melde mich später bei ihr. Noch bin ich zu aufgewühlt."

Lisbeth ging leise zur Kellertreppe, lauschte und hörte das Geräusch vom Urinieren und Flatulieren, das ja im Allgemeinen nicht den Wohlklängen zuzuordnen ist, aber in diesem Fall löste es bei ihr ein Gefühl von etwas mehr Sicherheit aus. Dann ging sie beherzt hinunter, vorbei am Gefängnis, und rief:

„Ich mache jetzt meine Wäsche", das Wort Wäsche beinahe singend wie eine kleine Terz: f-d, und verschwand im anderen Kellerraum.

Nach einer Weile näherte Lisbeth sich wieder der eisernen Tür, einen Korb mit trockener und gebügelter Wäsche haltend. Der Gefangene, der offenbar gelauscht hatte, um irgendetwas für seine Situation Zweckdienliches zu erfahren, hatte aber keinen Plan entwickelt und fing von Neuem an:

„Wie soll das weitergehen? Lassen sie mich hier raus! Das werden sie noch bereuen."

„ Ich kann sie nicht rauslassen. Sie würden mich niederschlagen, foltern, ausrauben oder was weiß ich."

„Ich verspreche Ihnen, dass ich das nicht tue."

„Auf das Versprechen eines Enkeltrick-Betrügers kann ich nichts geben. Nebenbei, wenn sie draußen sind, werden sie gejagt von ihren Komplizen. Die werden auf sie einprügeln, und sie liegen auf dem Boden und jaulen: „Da war kein Geld, da war kein Geld."

„Das lassen sie mal meine Sorge sein."

Lisbeth wunderte sich, dass der Mann mehr und mehr mit einer jugendlichen Stimme sprach, wie ein zwanzigjähriger. Schließlich sagte sie: „Ich mache ihnen einen Vorschlag: Ich verlasse das Haus und rufe nach zehn Minuten die Polizei. In der Zwischenzeit nehmen sie ihre Kanone, schießen die Tür auf und verschwinden. So ein spektakuläres Ding würde sicher groß in der Zeitung stehen, und ihre Komplizen müssten ihnen glauben. Ob sie danach noch an irgendeinem Ding beteiligt werden, ist natürlich fraglich."

Darauf schleppte Lisbeth den Wäschekorb nach oben, stellte ihn ab und verließ das Haus. Vor die Haustür legte sie ein Stöckchen. Dann ging sie rüber zu Uschi und Oskar.

4.

Uschi merkte sofort, dass ihre Freundin nervös war, etwas hastig in ihren Bewegungen und unkonzentriert beim Gespräch. Dann wollte Oskar wissen, was das für Leute waren an ihrer Tür, die in den dunkelblauen Anzügen. „Erzähle ich gleich", sagte Lisbeth, um Zeit zu gewinnen. Dabei fragte sie sich, wie viele Geschichten noch zu erfinden wären bevor das Lügengebäude zusammenbricht.

Jetzt wäre es gut, eine Komplizin zu haben, so eine wie Uschi, aber, wie gesagt: Vorsicht. Uschi ihrerseits schlug vor, erst einmal einen Tee zu trinken. Obwohl es schon fünf Uhr vorbei war, und Lisbeth nach einem späten Tee schlecht schlafen konnte, fand sie das eine gute Idee. Inzwischen hatte sie sich eine Geschichte zurechtgelegt: Die Beiden in den dunkelblauen Anzügen wären Handwerkshausierer. Sie hätten schon mehrmals am Nachmittag bei ihr angerufen und wären schließlich persönlich gekommen, um ihr eine neue Haustür aufzuschwatzen. Die alte Tür wäre nicht sicher und so weiter. Es hätte sie Mühe und Nerven gekostet, die Typen loszuwerden. „Ich habe gesehen, wie die Frau auf der Straße gerannt und dann mit dem Auto davongefahren ist", sagte Oskar, „aber den Mann habe ich gar nicht mehr gesehen." „Weiß auch nicht", sagte Lisbeth und hoffte, dass Oskar nicht nachhaken würde, denn das tat er gerne mal.

Es war dunkel geworden. Lisbeth nahm das Angebot ihrer Freunde, sie bis an ihre Haustür zu begleiten, gerne an.

Wie erwartet, lag das Stöckchen vor der Tür noch an derselben Stelle. Sie betrat das Haus und lauschte. Als nichts zu hören war, machte sie Licht und öffnete leise die Tür zur Kellertreppe. Jetzt hörte sie doch etwas, nämlich: „Mann, Mann, Mann."

„Alles im grünen Bereich", hätte Helmut jetzt gesagt, andererseits, der gute Helmut wäre wohl niemals in die Situation geraten, in der sie sich befand.

Das Telefonat mit der richtigen Lena wirkte wie Balsam auf die Seele, wenn es erlaubt ist, dieses Klischee zu verwenden. Lena war schon von ihrem Vater informiert, so brauchte Lisbeth nur wenige Worte, um ihre Enkeltochter vollends zu beruhigen. Aber dann wollte Lena ganz genau wissen, wie sich alles zugetragen habe und konnte nicht oft genug die Großmama bewundern für ihren Mut. „Ach, Kindchen", sagte Lisbeth, „Leider sind uns ja die Gauner nicht ins Netz gefallen."

„Hast du noch Angst vor denen? Soll ich zu dir kommen?"
Schon wieder eine brenzlige Situation.

„Das freut mich zwar immer, aber du hast doch sicher genug mit deinem Studium zu tun."

„Das kannst du laut sagen", meinte Lena.

Danach gingen noch viele liebe Worte hin und her, ehe die Hörer aufgelegt wurden.

Lisbeth ließ sich in einen Sessel fallen. Mit wem könnte sie über die nächsten Schritte nachdenken? Wer weiß, was hier im Hause vor sich geht? Natürlich, der Kerl da unten im Gefängnis: Früher oder später müssten sie gemeinsam einen Plan entwerfen: Eine absurde Idee. Nach einer Weile war Lisbeth eingenickt.

Sie steht am Fenster und hört es rufen: Hier ist die Polizei! Frau Ewald, geben sie auf und lassen sie die Geisel frei. Sie aber schreit: Ich denke nicht daran, bevor er mir verrät, wo er Lena versteckt hält. Die Polizei rückt näher, die Uniformen sind blaue Arbeitsanzüge vom Baumarkt, und da erkennt sie die beiden Polizisten: Helmut und Oskar.

Lisbeth schreckte auf, sie musste sich etwas sammeln, und dann entschloss sie sich zu einigen praktischen Maßnahmen: Sie suchte ein Spannlaken und einen Schlafanzug heraus und stieg damit zum Gefängnis.

Durch das Fensterchen sah sie die geballte beleidigte Frustration, auf der Truhe sitzend, bevor sie das Spannlaken hindurch stopfte, in aller Vorsicht, damit nicht ein flinker Griff von innen ihre Hände erfassen könnte.

„Würden sie bitte die Schaumstoffmatratze beziehen. Da wollen ja auch noch andere drauf schlafen."

„Andere? Sperren sie hier regelmäßig Leute ein?"

„Schon möglich, aber ich meinte eigentlich Gäste, die oben wohnen, und so viel ein- und ausgehen dürfen, wie sie wollen."

„Sie sind total verrückt, wie lange soll das so weiter gehen?"

„Das müssen wir bei Gelegenheit besprechen. Ach, und hier habe ich noch einen Schlafanzug von meinem Mann. Vielleicht etwas weit, aber feinste Baumwolle. Socken und Unterwäsche werde ich noch besorgen. Ach ja, Abendbrot um 19 Uhr."

„Was für ein Irrsinn! Außerdem habe ich keine Uhr."

„Nehmen sie doch ihr Handy."

„Alle", schimpfte er, während Lisbeth wieder nach oben stieg. Sie fand eine längliche Schachtel, machte ein paar Stullen fertig und legte eine kleine Flasche mit Mineralwasser bereit. Um Punkt 19 Uhr erschien sie wieder vor dem Gefängnis, sie rief: „Abendbrot", und schmiss die Wasserflasche hinein. Wie zu erwarten, wollte der Gefangene die Stullen nicht entgegennehmen. Lisbeth hatte vorsorglich eine Tüte mitgenommen. Sie verpackte die Stullen darin. Dann nahm die Tüte denselben Weg wie die Wasserflasche.

„Für heute habe ich genug von ihnen", sagte sie noch, „um 10 Uhr ist Bettruhe. Frühstück gibt es morgen um acht."

Sie wuselte noch ein wenig im Haushalt, nichts von Dringlichkeit, wie man es manchmal tut, wenn man einem größeren Ereignis entgegensieht, einer Einladung einer Opernaufführung oder so ähnlich: Man ist geduscht, frisiert oder rasiert, je nachdem, die Kleidung liegt schon bereit, aber es bleiben noch anderthalb Stunden. Sie hatte keine Lust, zu lesen, Musik zu hören, Klavier zu spielen, oder gar den Fernseher anzustellen. Ab und zu lauschte sie an der Kellertreppe, es war aber nichts Verdächtiges zu hören. Um 10 Uhr ging sie zum Sicherungskasten und knipste den Stromkreis für die Kellerbeleuchtung aus.

„Heu. heu, heu", drang es aus dem Keller. Sie kümmerte sich nicht darum.

Um Mitternacht war Lisbeth noch nicht eingeschlafen. Sie wälzte sich im Bett hin und her, drehte mehrmals die Decke um, weil es ihr mal zu warm und mal zu kalt war, und regelmäßig lauschte sie im Flur oder schaute aus dem Fenster, ob vielleicht irgendwelche Gestalten am Haus herumlungerten. Sie wunderte sich auch über sich selbst: Wie konnte nur alles so kommen. Hätte sie doch den Umschlag gleich in der Hand gehabt, als die beiden Pseudobeamten auftauchten.

Sie hätte ihn übergeben mit der Bitte, diesen ungeöffnet zur Bank zu bringen. Die Enttäuschung der beiden hätte sie noch auskosten können, bevor sie die Tür zugeknallt hätte. Ja, hätte, hätte, hätte.

Was für eine verrückte Idee, die Schaumstoffmatratze in den Keller zu schaffen. Andererseits: „Hier spricht die Polizei", hatte er gesagt, wer soll denn darauf reinfallen? Das ist ja geradezu beleidigend, so zu sagen, dummer als die Polizei erlaubt. Dazu noch dieses platte: „Hol schon den Wagen."

Lisbeth erinnerte sich an Konrads Studium in Münster: Germanistik und noch so allerlei, ach, wie lang ist es her. Er sollte eine Seminararbeit schreiben zum Thema: Was kann die Lyrik zur Identität eines Landes beitragen? So, oder so ähnlich. Das Wort Leitkultur war damals noch nicht geboren. Konrad war totunglücklich damit, und Helmut, der immerhin ein gestandener Studienrat war, konnte ihm auch nicht helfen: Was der meinte, war alles nicht schräg genug. Bei dem Gedanken musste Lisbeth etwas schmunzeln und vergaß dabei fast ihr Problem. Dann hatte Konrad eine geniale Idee: Er schrieb eine durchnummerierte Liste von Zitaten auf eine große Tafel, stellte die auf dem Prinzipalmarkt auf und verteilte Handzettel. Dort konnte das Publikum aufschreiben, wer wohl die Urheber dieser Zitate wären. Lisbeth konnte sich noch an einige Nummern aus der Liste erinnern, weil Konrad sie mit seinem Vater ausführlich und vielfach hin- und her diskutiert hatte. Auf die erste und die letzte Nummer wollte ihr Sohn nicht verzichten:

Warum rülpset und furzet ihr nicht?

Er ist nur halb zu sehen…

Da stand der alte Zecher…

Das ist der Mensch in seinem Wahn.

Alte Zeiten, linde Trauer…

Uralte Wasser steigen…

Was stört mich Weib, was stört mich Kind?

Nicht sein kann, was nicht sein darf.

Du musst dein Leben ändern.

Die Götter halten die Waage…

Ein Suahelischnurrbarthaar..

Harry, hol schon mal den Wagen.

Das Ergebnis der Erhebung war, dass fast alle das letzte Zitat zuordnen konnten, 30 Prozent auch das erste (was ungefähr dem Prozentsatz der Lutheraner in Münster entsprach), aber dazwischen war die Trefferrate ziemlich gering. Immerhin, Konrad war der King mit seiner Seminararbeit. Es wurde noch diskutiert, ob das erste Zitat nicht nur Legende wäre, und auch das letzte wäre in genau der Form nur sehr selten zur Anwendung gekommen. Der Professor indessen dozierte, dass Legende und Wirklichkeit nicht zu trennen seien, das läge schon in dem Wort Wirklichkeit, so zu sagen, das Wirkmächtige sei entscheidend, was wiederum ein allgemeines Gähnen im Auditorium hervorrief, denn das hatte er schon öfter gesagt, ebenso wie die Professoren für Theologie, Philosophie und die Professorin für neue Geschichte.

Die Erinnerungen berührten sie sanft. Konrad, das Schlitzohr, war ihr Sohn, von wem hat er das wohl. Dann fiel ihr ein, dass so eine Umfrage heute nicht mehr sinnvoll wäre, weil alle gleich ihr Smartphone zücken würden. Endlich fiel Lisbeth in einen leichten Schlaf.

5.

Lisbeth erwachte früher, als gewohnt. Im Bad war es ziemlich kühl. Sie bemerkte gleich, dass der Heizkörper keine Wärme abstrahlte und dachte mit Schrecken, dass es momentan kaum möglich wäre, einen Monteur kommen zu lassen. Was konnte sie tun? Vielleicht erst einmal der Kellerassel etwas Licht spendieren, d.h., die Sicherung wieder einschalten. Darauf war dreierlei zu hören: Gestöhne und Gejaule aus dem Gefängnis, ein beruhigendes Bullern des anspringenden Brenners und kurz danach die Klospülung. Letzteres war besonders beruhigend, denn wenn sich der Gefangene entschlossen hätte, im Keller eine Sauerei zu veranstalten, hätte er selbst zwar am meisten darunter zu leiden gehabt, aber die Wärterin des Gefängnisses wäre auch ziemlich ratlos gewesen. So konnte sie in Ruhe frühstücken und dabei einige Brote für den Gast vorbereiten. Auch Kaffee kochte sie für zwei, dachte überhaupt an alles und begab sich mit einem gut aber einfach gefüllten Korb in den Keller, wo sie mit freundlicher Singstimme

„Früh-stück" rief, etwa in den Tönen f-c.

Zu ihrem Missfallen hockte ihr Gast, nur mit T-Shirt und Unterhose bekleidet, auf der unbezogenen Schaumstoffmatratze. Immerhin, er rappelte sich hoch und griff nach dem Pappbecher, den Lisbeth mit Hilfe einer länglichen Schachtel durch das Fensterchen geschoben hatte. Nein, Milch und Zucker wollte er nicht. Er nahm auch die Brote, machte eine etwas angewiderte Visage und fragte schließlich: „Gibt es denn hier keine Wurst?" „Nächstes Mal, vielleicht", sagte Lisbeth, „dann weiß ich ja für die Zukunft Bescheid. Und bitte, beziehen sie doch die Matratze, das habe ich Ihnen gestern schon gesagt, und ziehen sie nachts den Schlafanzug an. Übrigens, eine frische Zahnbürste und Zahnpasta finden Sie im Spiegelschrank."

Sie ließ ihn für eine halbe Stunde allein. Als sie wieder zum Gefängnis ging, erinnerte sie sich an ihre Söhne, die sich ja das Bad teilten, also hintereinander benutzten, und der jeweils Zweite sagte dann, jedenfalls manchmal, das was sie jetzt kühn zitierte: „Hier stinkt es ja, wie im Affenpuff", worauf der Gefangene sie halb verwundert und halb erschrocken ansah. „Ja, glotzen Sie nicht so! Unter dem Lichtschalter ist ein Drehknopf. Da können sie den Ventilator doller stellen. Und sie sollten und dürfen auch duschen. Frische Handtücher finden sie in der Truhe, aber das wissen sie ja schon. Es tut mir wirklich leid, dass ich ihnen keine 30000 Euro überlassen konnte." Nach dieser Einlassung stieg Lisbeth wieder nach oben, beschwingt, so wie sie sich als kleines Mädchen gefühlt hatte, nachdem sie zum ersten Mal vom Dreimeterbrett gesprungen war.

Als sie nach einer Weile wieder an der Kellertreppe lauschte, hörte sie tatsächlich Duschgeräusche und kurz danach den Ventilator auf voller Pulle, wie sich die Jungs auszudrücken pflegten.

Beim nächsten Besuch am Gefängnis steckte in dem dunkle Arbeitsanzug gar nicht mehr der stramme Pseudopolizist vom vorigen Tag sondern mehr ein vom Leben gezeichneter Jüngling, traurig auf der Truhe sitzend. Seine Haare waren nach der Dusche pechschwarz.

Lisbeth hatte das Gefühl, dass sie ihn irgendwo schon einmal gesehen hätte.

„Haben sie wenigstens eine Kippe?" fragte er.

„Eine was?"

„Eine Kippe, Mann, eine Lusche, eine Zi-ga-rette!"

„In diesem Haus wird eigentlich nicht geraucht, da ist zwar noch eine Pfeife von meinem Mann aber kein Tabak."

„Ich dachte, in diesem Haus wird nicht geraucht."

„Schon, aber nur auf der Terrasse. Da können sie nicht hin, vielleicht später als Freigänger."

„Ihre blöden Witze kotzen mich an!"

„Na, na, na, gerade wollte ich sie dafür loben, dass sie die Matratze bezogen und sogar geduscht haben."

„Wo ist überhaupt ihr Mann?"

„Gestorben vor sieben Jahren."

„Tut mir leid. Wie ich sie kennengelert habe, ist er wohl hier in ihrem Privatknast verendet."

Das verschlug Lisbeth doch etwas die Sprache, aber zugleich versuchte sie, sich in die Situation ihres unfreiwilligen Gastes zu versetzen: Was hatte sich in seinem krausen Gehirn aufgestaut? Eine Welt voll Gier, Betrug und Rache. Es war doch nur eine ganz kleine Prise Rache und ein wenig Sühne, was sie ihm zumuten wollte. Das musste sie mit ihm besprechen. Derweil hörte sie wieder:

„Wat is denn nu mit ner Kippe?"

„Ich denke darüber nach."

Bei ihrem nächsten Besuch am Gefängnis sagte Lisbeth: „So, Herr Fack, oder wie sie auch immer heißen, wir müssen mal über ihre Zukunft nachdenken: Wie ich sehe, haben sie sich nicht für einen Hungerstreik entschieden. Das ist vernünftig, denn bei mir werden sie ganz ordentlich versorgt. Die Würde des Menschen muss gewahrt bleiben, oder wie sehen sie das?"

„Leck mich!"

„Das werde ich nicht tun. Nehmen wir mal an, sie machen einen Hungerstreik und verrecken hier. Vielleicht gelingt es mir, sie nach oben zu schleifen. Sie wären dann ja etwas leichter. Dann würde ich sie im Garten vergraben. Später, wenn ich selbst gestorben bin, und ein neuer Besitzer des Hauses im Garten wühlt, findet er eine Leiche, aber man weiß nicht, von wem, denn sie werden ja nicht vermisst."

„Ich habe schon mal gesagt, dass mich ihre Witze ankotzen!"

„Ich weiß, ich weiß, deswegen ziehen wir einen Hungerstreik

gar nicht in Erwägung. Zweite Möglichkeit: Ich rufe jetzt die Polizei. Das Dumme ist, dass Sie sich da irgendwie rausreden, und ich stehe am Ende schlechter da, als sie."

„Das sag ich ja. Deswegen lassen sie mich einfach raus."

„Dritte Möglichkeit: Ich rufe bei der Zeitung an, ein Reporter kommt, ich zeige ihm das Gefängnis - Sie hocken noch immer da drin- und erzähle die ganze Geschichte von Anfang an. Der Reporter hat eine Story, und danach geht es richtig los. Riesen Balkenüberschrift auf der Titelseite der Bildzeitung: Rentnerin sperrt Enkeltrick- Betrüger ein. Dazu tolle Bilder, hier durch dieses Fensterchen fotografiert, und Sie sitzen auf der Truhe. Ja, das machen wir."

„Das machen wir bitte nicht!"

„Ihr Gesicht ist natürlich unkenntlich gemacht. Wir leben schließlich in einem Rechtsstaat. Ich hoffe, auch sie wissen das zu schätzen."

„Recht und Gerechtigkeit ist zweierlei."

„O, wo haben sie denn das aufgeschnappt? Aber lassen sie mich weiter spinnen: Ich bin der Star in der einen oder anderen Talkshow. Der Moderator beugt sich Viertelkreis-artig zu mir rüber: Erzählen Sie doch unseren Gästen, wie Sie auf Schauspielmodus umgeschaltet und die kühne Idee mit dem Kellergefängnis realisiert haben, und darauf sage ich schnippisch: Ich bin kein Smartphone, das auf einen oder den anderen Modus umschaltbar ist."

„Das ist wohl ihr höchstes Glück: Sich auf meine Kosten lustig zu machen."

„Sie haben Recht, das ist eigentlich nicht meine Art. Andererseits, nehmen wir einmal an, der Coup mit den 30000 Euro wäre Ihnen geglückt. Dann hätten Sie sich lustig gemacht, zusammen mit Ihrer Komplizin. 1000 Euro hätten Sie schon am selben Abend verjubelt, doch jetzt steckt Ihre Komplizin schon mit einem anderen Ganoven unter einer Decke, und das meine ich wörtlich."

„Fuck!“

„Ja, Herr Fack. Ich bringe Ihnen noch die Zeitung, und dann muss ich für eine Weile weg, allerlei Besorgungen machen, alles Ihretwegen.“

6.

Für ihren Einkauf wählte sie eine Tasche mit Rädern, auch Kartoffelbagger genannt. So ein Gerät hatte ihr irgendein wohlmeinender Mensch geschenkt, aber sie fand es keineswegs schick und benutzte es sehr selten. Doch heute war ihre Einkaufsliste sehr umfangreich. Als sie gerade aufbrechen wollte, klingelte es. Sie schlich ins Wohnzimmer und schob die Gardine ein winziges Stück zurück: Uschi. Das hatte sie sich schon gedacht. Sie durfte nicht hereinkommen, und das gemeinsame Cappuccino-Trinken musste heute auch ausfallen. Stattdessen schob sie ihren Kartoffelbagger zur Terrassentür hinaus durch den Garten zu einer Pforte, die sie auf- und zu schließen musste, dann durch einen schmalen Weg zu einem privaten Parkplatz und von da durch ein Tor zur Straße. Ihr wurde bewusst, dass sie sich nicht mehr so ängstlich und zögerlich bewegte, wie kurz zuvor, als sie das vermeintliche Geld abholte. Ich schreite, dachte sie, so wie sich alle fortbewegen bei Theodor Fontane. Auf dem Gehsteig kam ihr ein Mann mittleren Alters entgegen, die Ellenbogen, gewinkelt, bildeten links und rechts vom Bauch ein Dreieck. Lisbeth ging stur geradeaus, war sie doch Herrin über einen Gefangenen, und sah im Vorbeigehen das überraschte Gesicht des Kerls, der seine Dreiecke notgedrungen einklappte.

Zuerst steuerte sie einen Second-Hand-Shop an, wo sie drei T-Shirts, ein Sweatshirt und eine Trainingshose erstand, Unterhosen und Socken fand sie nicht dort, aber in einer Grabbelkiste in einem Kaufhaus. Dazu kamen Plastikbestecke, längliche Pappteller, Pappbecher und eine einfache Uhr. Dann ging es in den gewohnten Supermarkt, ihr Einkauf hatte aber eher ungewohnte Komponenten: Bier aus Dosen, kleine Sprudelflaschen aus Plastik, Fertigpommes, Pizzas und Ketchup (große Flasche) und Wurst. An der Kasse mussten noch Zigaretten beordert werden, und das machte sie etwas zögerlich: „Lass mal ne Ladung Kippen rüberwachsen", klänge wohl cool, aber das würde man ihr nicht abnehmen. Man kannte sie ja, wenn auch nur flüchtig. „Legen sie bitte noch zwei Schachteln Zigaretten dazu", sagte sie, „aber ich weiß nicht, welche meine Handwerker bevorzugen." Sie kaufte dann noch je eine Schachtel Marlboro und Lucky Strike, weil die gern genommen würden. Na dann.

Für den Heimweg wählte Lisbeth dieselbe Route durch den Hintereingang; wuchtete dabei mühsam den Kartoffelbagger über die ein- oder andere Stufe.

Mit den neu erstandenen Klamotten stieg sie sogleich zu ihrem Gast, der leichtbekleidet und faul auf der Matratze lag.

„Könnten Sie mal ihren Hintern erheben und ihre Wäsche entgegennehmen? Ein bisschen Sport könnte Ihnen auch nicht schaden: Liegestütze, Kniebeugen und so. Das macht einen schöneren Rücken, als so ein Arschgeweih."

„Selber Hängearsch!"

„Zugegeben, mein Hintern ist nicht mehr das, was er mal war, aber meine Beine sehen immer noch sehr gut aus; na ja, jedenfalls, wenn ich Stützstrümpfe anhabe."

Damit ließ sie ihren Gast allein. Wie sehr sie es auch genoss, ein wenig ordinär zu sein, musste sie sich doch ermahnen, gelegentlich wieder runterzukommen, wie man jetzt zu sagen pflegt, aber eigentlich war es umgekehrt: Sie sollte wieder raufkommen in ihre tägliche Welt, die gepflegt war, beinahe wie der Vorgarten der Nachbarn linkerhand. „Egal jetzt", dachte sie, „bald ist Mittag, und da ist noch ein bisschen zu tun."

Um viertel nach eins brachte sie ihrem Gast eine Ladung Pommes mit Bratwurst, Senf und sehr viel Ketchup, worauf der mit einer gewissen Zufriedenheit reagierte. Darauf schob sie auch noch eine Dose Bier hinterher. 20 Minuten später brachte Lisbeth Kaffee und eine Zigarette, aber mit letzterer war es nicht so einfach:

Sie mochte ihm keine Streichhölzer anvertrauen. Schon beim Öffnen der Packung stellte sie sich etwas unbeholfen an, worauf sie ein verächtliches „Mann, Mann, Mann" zu hören kriegte, und nachdem sie endlich einen Stängel rausgefummelt hatte, rauchte sie den an, hüstelte bedenklich, und schob ihn auf einer Schachtel durch das Fensterchen. Hinterher kam noch ein Blechdöschen mit Deckel als Aschbecher.

„Haben sie nie geraucht?" fragte er.

„Nur einmal eine Tüte, aber das ist lange her."

„Cool! Aber sagen sie, wenn sie schon Staatsanwalt, Richter und Gefängniswärter in eins sind: Wie viele Jahre haben sie mir denn zugedacht?"

„Ihnen geht es hier doch gut, oder nicht?"

„Ich möchte meinen Anwalt sprechen."

„Geht in Ordnung. Reichen sie mir bitte ihren Müll, und Schmutzwäsche schmeißen sie einfach raus."

„Noch einmal: Wie lange?"

„Haben sie schon einmal vom Stockholm Syndrom gehört? Nein? Dann erzähle ich ihnen das mal: In einer Bank in Stockholm hatte eine Gruppe von Räubern vier Geiseln genommen. Die waren total in deren Gewalt und bangten um ihr Leben. Trotzdem entwickelte sich zwischen den Räubern und den Geiseln ein merkwürdiges Vertrauensverhältnis, beinahe eine Zuneigung, die noch bestehen blieb, als die Räuber schon überwältigt und die Geiseln befreit waren. Das ist lange her, so um 1973."

Damit entfernte sich Lisbeth. Sie hatte dasselbe gegessen wie ihr Gast, der Einfachheit halber, aber nicht mit übertriebenem Appetit. Da aus dem Keller keine verdächtigen Geräusche kamen, gönnte sie sich ein Mittagsschläfchen.

Als sie sich wieder aufgerappelt hatte, lauschte sie noch einmal an der Kellertreppe. Offenbar hatte ihr Gast das Klappen der Tür bemerkt, denn er rief: „Noch ne Kippe, bitte!" „Heute Abend", rief sie zurück, „wir müssen uns das langsam abgewöhnen."

Sie beschloss, bei Uschi Tee zu trinken. Mittwoch, ein günstiger Tag, Oskar wäre bei seiner Gesellschaft für Heimatkunde und Frühgeschichte. Ihr Thema war ein anderes: Bücher, Neuerscheinungen, Bestseller, Buchpreisträger und Short Lists.

Es machte Spaß, sich auszutauschen: schon gelesen, noch nicht gelesen, vielleicht zu empfehlen, Daumen nach oben, Daumen nach unten. Hatte eine von beiden ein nicht zu empfehlendes Buch gelesen, hatte sie die Aufgabe, der Freundin den Schmöker in Kürze ironisch zusammenzufassen. Da war Oskar nicht zu brauchen: Wie sollte er denn die neusten Erkenntnisse über die Schlacht im Teutoburger Wald in wenigen Sätzen darstellen, dazu noch ironisch?

Uschi meinte, dass in den meisten Neuerscheinungen alles zu flach gehalten würde: Zu viel alltägliche Befindlichkeit, Resignation, aber keine großen Gefühle, Aufstiege, Abstürze und alles das, ohne kitschig zu sein. So etwas möchte sie mal wieder lesen.

Auf dem Heimweg dachte Lisbeth daran, dass ihr Gefangener keinerlei Unterhaltung genoss. Einen Fernseher konnte sie ihm nicht zukommen lassen. Ein Radio, das durch die kleine Öffnung passt, müsste sie noch besorgen. Indessen brachte sie die Unterhaltung mit Uschi auf das Nächstliegende: Lesen, der Typ kann doch lesen, hoffentlich, und sie hatte auch schon eine Idee, was: Ein Roman, dick genug und so, wie Uschi es mag. Sie hatte ihn doppelt, einmal als gebundenes Exemplar im Bücherschrank und einmal in Form von zwei Bänden im Paperback Format, ziemlich zerlesen auf mehreren Urlauben. Auf den zerknitterten Deckeln konnte man gerade noch eine sehr schöne Frau neben einer Dampflok erkennen. Den ersten Band von denen reichte sie ihrem Gast durch das Fensterchen:

„ Hier haben Sie was zu lesen. Wenn Sie das durchhaben, kommt noch ein zweiter Band."

Allein, er nahm das Buch nicht entgegen, sondern ließ es einfach auf den Boden plumpsen. Sie sagte: „Einen Fernseher kann ich hier leider nicht installieren. Ich kann Ihnen höchstens ein winziges Radio besorgen, das hier durch passt. Das würde schrecklich krächzen, ein Schreblomat, wie mein Sohn solche Dinger nannte. Also nee, lesen ist da schon besser, und Sie tun was für ihre Bildung, versuchen Sie es." „Ich brauche kein Radio, sagte er, wenn ich Musik haben will, spiele ich Trompete." Darauf holte er einen Kamm aus dem Spiegelschrank, blies darauf, und das klang erstaunlich echt.

Als sie später das Abendbrot brachte, lauter Schnitten mit Wurst und noch ein Bier, saß er tatsächlich lesend auf der Truhe. „Hören sie mal", sagte er, während er seine Brotzeit entgegennahm, „was soll das heißen: Alle glücklichen Familien gleichen einander; jede unglückliche Familie ist auf ihre besondere Weise unglücklich. Das ist doch genau umgekehrt: Alle unglücklichen Familien gleichen einander. Mutter sitzt an der Kasse im Supermarkt oder geht putzen. Es reicht vorn und hinten nicht. Die Geschwister jammern rum und der Alte? Wenn man Glück hat, hat der sich dünne gemacht, wenn man Pech hat, sitzt er den ganzen Tag vor der Glotze, raucht, säuft und verteilt täglich Prügel für alle."

„Und die glücklichen?" fragte Lisbeth.

„Die haben genug zum Leben und mögen sich gegenseitig, oder sie haben sehr viel Knete, dann ist das Übrige egal. Jedenfalls, ganz unterschiedlich."

„Das ist ja das Gute beim Lesen. Man kann sich zu allem seine eigenen Gedanken machen. Aber ob das Übrige wirklich egal ist, erfahren die Leser, wenn sie weiter lesen."

Nach dieser Rede entfernte sich Lisbeth, kam aber bald darauf wieder, um Müll einzusammeln und eine Zigarette warm zu machen, auf die Dauer gäbe es aber nur eine pro Tag und später gar keine mehr.

Dann wünschte sie eine gute Nacht und viel Vergnügen bei der Lektüre, sie kam aber noch einmal zurück und brachte ihrem Gast eine Mundharmonika: „Hier, die gehört meinem Sohn, der hat sich nie richtig mit ihr angefreundet, vielleicht haben Sie Spaß damit." Der Gefangene nahm sie entgegen, spielte eine Reihe von schrillen Tönen, blies sie dabei von allen Seiten durch und bewegte die Mechanik. Dann sagte er: „Kein Spitzeninstrument, aber besser als nichts."

7.

Naturgemäß wachte der Gefangene – er hieß übrigens Mario, aber das verriet er nicht- sehr früh auf. Trotz des leise surrenden Ventilators war die Luft im Kellergefängnis nicht die frischeste, und der Mangel an Tageslicht machte ihm zu schaffen. Er hatte alle möglichen Pläne erwogen, um sich aus seiner misslichen Lage zu befreien, aber alle würden so enden, dass er entweder von der Polizei abgeholt würde, oder dass die Alte zu Schaden käme, und er selbst in diesem verdammten Verlies verhungern müsste. Da war es schon besser, geduldig auszuharren und auf die Gnade der Verrückten zu hoffen. Manchmal ertappte er sich sogar dabei, dass er Verständnis für seine Wächterin aufbrachte, oder noch peinlicher, dass er ihrem aufmunternden Morgengruß und dem Geruch von frischem Kaffee entgegenfieberte. Zum ersten Mal seit langer, langer Zeit gab es einen Menschen, der sich um ihn kümmerte, für Verpflegung und frische Wäsche sorgte, und alles das ohne übertriebene Strenge, ohne Geschimpfe, ohne Ermahnungen und ohne irgendetwas aufzurechnen. Und dabei gab es doch so einiges in seinem Leben, was bestimmt nicht den Beifall der Alten finden würde.

Lisbeth erwachte etwas später. Ihr fremder Gast hatte nun schon die dritte Nacht in seinem Gefängnis zugebracht, hoffentlich unbeschadet und sicher verwahrt. Als sie in den unteren Flur kam hörte sie ihn schon spielen. Sie öffnete leise die Tür zur Kellertreppe und lauschte, verwundert über den Reiz der wehmütigen Melodien, die er der Mundharmonika entlocken konnte. Sie frühstückte gemütlich, wenn auch nicht ganz so entspannt wie früher, und bereitete das Frühstück für ihren Gast vor, wobei sich schon eine gewisse Routine entwickelte, die aber nach und nach noch perfektioniert wurde. Inzwischen gab es außer den gewünschten Wurstbroten und dem Kaffee noch einen geschälten Apfel, eine

Vitamin D- Tablette und danach die NOZ (neue Osnabrücker Zeitung) vom Vortag sowie eine Zigarette im Eintausch gegen den entstandenen Restmüll. Gegen die Tablette hegte der Gast allerdings erhebliches Misstrauen, und erst als Lisbeth ihm klar gemacht hatte, dass sie zur Erhaltung seiner Gesundheit unbedingt erforderlich sei, und dass im Falle seiner Erkrankung sofort die Polizei eingeschaltet werden müsse, schluckte er sie.

Sie erinnerte ihren Gast auch daran, den Frühsport nicht zu vergessen, Zeit genug hätte er ja, und wenn er die Zeitung durchhätte, könnte er in dem Buch weiterlesen. Nein, in dem Buch wäre zu wenig Action, meinte Mario – seinen Namen verriet er immer noch nicht - sonst wäre alles sehr anschaulich beschrieben, mit Gefühlen und Konflikten, wie in dem Leben bei seinen Leuten. Es wäre bestimmt so ein gutes Buch, und wie er sie kennengelernt habe, würde sie ihm sowieso kein anderes geben. Im Übrigen wäre er überhaupt sehr schlecht im Lesen. „Dann haben Sie ja reichlich Gelegenheit, das zu üben", meinte Lisbeth, während sie darüber nachdachte, wen er wohl mit seinen Leuten meinte.

Es gab ein Problem: Fast täglich schaute Uschi gegen zehn Uhr vorbei: Dann machten sie sich einen Cappuccino und klönten ein bisschen: ein morgendliches Ritual. Am Vortag hatte sich Lisbeth schon einen leichten Mantel übergeworfen und Uschi an der Tür abgefangen. „Du, ich habe einen Friseurtermin", sagte sie, „lass uns zusammen gehen und vorher noch einkehren." „Ok", sagte Uschi, „aber dein Haar sieht doch noch sehr gut aus."

„Nicht so gut wie deine rote Pracht."

„Die ist schwer in der richtigen Farbe zu halten. Das kann ich dir flüstern.

Übrigens, hat hier einer geraucht?" „Ach ja, der Heizungsmann war da, du weißt ja, die können es einfach nicht lassen."

So ließ sich Uschi noch einmal abwimmeln, aber länger ging es nicht. Als sie jetzt wieder an der Tür stand, bemerkte sie sofort, dass Lisbeths Haare unverändert waren, und es roch aus dem Haus immer noch leicht nach Zigarette. „Was ist los mit dir", fragte Uschi, „warst du wirklich beim Friseur, und ist da immer noch der Heizungsmonteur, oder wahrst du ein großes Geheimnis: Herrenbesuch oder so?" In dem Moment war leise Musik aus dem Keller zu hören. „So ähnlich", murmelte Lisbeth, „komm rein, ich muss Dir etwas anvertrauen."

„Da bin ich aber gespannt."

„Versprich mir, dass Du niemandem etwas verrätst, wirklich niemandem."

„Tue ich nicht, ich schwöre es."

„Ich habe jemanden eingesperrt, im Bad, im Keller, du kennst doch unser Gefängnis."

„Du hast was?"

„Genau das. So einen Enkeltrick Betrüger und angeblichen Polizisten, der mich um 30000 Euro erleichtern wollte."

„Ich fall vom Stuhl, Lisbeth, das musst Du mir genauer erklären."

Und das tat sie, in Kürze zunächst, bevor sie zusammen dem Kellergefängnis einen Besuch abstatteten.

„Da haust er, alles in allem gut versorgt, nicht wahr Herr Fack ?"
„Ich heiße nicht Fack."

„Ich weiß, aber einen richtigen Namen wollen sie mir nicht nennen. Stattdessen rufen sie immerzu Fack."

„Mann, Mann, Mann, jetzt sind da schon zwei alte Schachteln. Ich dreh noch durch."

Da sprang Uschi gleich ein:

„Zwei junge Frauen wären Dir wohl lieber."

„Was will die rothaarige Alte noch, und warum sagt sie Du zu mir?" fragte Herr Fack. Darauf Uschi: „Du willst doch einen Anwalt, da musst Du mit einer Hexe vorliebnehmen.

Das Gericht zieht sich zunächst zurück."

Danach begaben sich die Freundinnen in die Küche. Lisbeths Bericht erforderte mehrere Cappuccinos, sodass Oskar, als er mittags nach Hause kam, seine Frau in sehr aufgekratzter Stimmung antraf, das Essen war allerdings alles andere als fertig.

Am nächsten Morgen ging Uschi allein zu ihrem Mandanten. Wie es sich für einen Anwalt gehört, musste sie versuchen, ein gegenseitiges Vertrauen herzustellen, aber das erwies sich als schwierig. Sie begann mit:

„Also, wie heißt Du? Fack ist ja wohl nicht Dein richtiger Name."

„Sag ich nicht, und wenn Du mich Fuck nennst, sage ich Hexe zu dir."

„Für dich immer noch Sie! Ich bin mit Sie anzureden. Unsere Positionen sind sehr unterschiedlich. Da musst du Dich schon drauf einlassen, wenn ich Dich hier rausboxen soll. Du denkst wohl, die Richterin ist milde, weil sie Dir sogar Bier und Zigaretten gibt und ein liebes Gesicht hat, aber ich verrate Dir: Sie ist sehr, sehr verärgert: Ihr habt sie auf fiese Weise betrügen, und dabei die Liebe zu ihrer Enkeltochter ausnutzen wollen. Ich glaube nicht, dass sie Dich so schnell frei lässt."

„Fuck, Mann, wir haben Scheiße gebaut."

„So Fack, jetzt hörst Du mal auf damit und sagst mir Deinen richtigen Namen, sonst kommen wir hier nicht weiter. Und was die Scheiße betrifft, hättet Ihr das ganz anders gesehen, wenn Euer Coup geglückt wäre."

„Hexe!"

„Deinen Namen bitte, oder gib mir Deinen Ausweis, oder Dein Handy. Dann laden wir es auch auf."

„Leck mich."

8.

Mario saß nun schon seit einer Woche im Knast. Trotz strengster Verhöre hatte Uschi nur sehr wenig aus ihm raus quetschen können, nicht den Namen aber etwas Gemurmel über schwere Jugend, na ja, wie zu erwarten. Die Versorgung des Häftlings hatten sie etwas angepasst: Es gab mehr Obst, nur noch eine Zigarette und ein Bier pro Tag und auch eine vegetarische Mahlzeit.

Mit seiner Lektüre kam der Gast sehr langsam voran, immerhin jeden Tag ein bisschen. Er blies aber öfters auf der Mundharmonika, und das ließ sich wirklich hören. Auch vergaß er nicht seine gymnastischen Übungen. „Gut so", scherzte Uschi", wenn Du so weiter machst, kannst Du die Tür einfach aufbiegen." „Hexe!"

Mittlerweile waren die Freundinnen ziemlich ratlos, so konnte es nicht immer weiter gehen.

Am nächsten Morgen änderte sich die Situation: Lisbeth saß missmutig beim Frühstück, dachte an die zusätzliche Arbeit und Mühe, die sie mit ihrem Gast hatte und blätterte ein wenig in der Zeitung. Da bemerkte sie einen höchst interessanten Artikel: Enkeltrick-Betrügerin gefasst. Als Opfer war eine Pensionärin aus Münster ausersehen, aber der war es gelungen, ihren Sohn in die Wohnung schleusen, der wiederum per Handy die Polizei zu verständigte. Es gab auch ein Foto der Betrügerin, aber natürlich keinen Namen, und ihr Gesicht war unkenntlich gemacht worden. Dennoch hatte Lisbeth das Gefühl, dass es sich um dieselbe Person handelte, die auch als vermeintliche Polizistin vor ihrer Tür gestanden hatte. Von solchen Polizisten war da aber nicht die Rede.

Alsbald klingelte das Telefon: Es war Uschi. Sie hatte den Artikel auch entdeckt; sie konnte ihn natürlich nicht ausschneiden. Das besorgte Lisbeth, unterstrich die Überschrift noch deutlich rot, und überreichte das Blatt: „Da, das sollten Sie mal lesen, Herr

Fack." Er studierte das Blatt langsam und aufmerksam. „Scheiße, Scheiße, wenn die auspackt, bin ich dran." „Nicht unbedingt", sagte Lisbeth, „denn erstens weiß keiner, wo Sie sind, und zweitens hängt das ja sehr davon ab, was ich gegebenenfalls vor der Polizei aussage. Mit anderen Worten: Sie sind meiner Gnade total ausgeliefert." „Es gibt Schlimmeres", murmelte er, und als sie die baldige Ankunft von Uschi meldete, ergänzte er: „Sag ich doch."

Uschi bohrte, wo möglich, noch intensiver nach, um etwas Persönliches über den so genannten Herrn Fack zu erfahren, aber alles, was er von sich preisgab, war, dass er sich für einen ziemlichen Loser hielt, und seine gegenwärtige Situation wäre der Tiefpunkt von allem.

Als sie später bei ihrem rituellen Cappuccino saßen, machten die beiden Damen Pläne, wie sie den Typen loswerden könnten. Uschi wollte sich in ihrem Fitness- Club umhören: Für ein paar Kröten könnte man bestimmt einen Typ Türsteher auffinden und anheuern. Der würde sich mit seinem tätowierten Stiernacken vorm Gefängnis aufbauen, den Gast mit seinen reichverzierten Fleischerarmen unterhaken, zur Tür begleiten und mit einem kräftigen Tritt in den Hintern entlassen. Was das Beste dabei wäre: So ein Typ würde keine unnötigen Fragen stellen.

So wäre es wohl gekommen, wenn am selben Nachmittag nicht wieder etwas Unerwartetes passiert wäre. Die beiden Damen waren gerade dabei, die nächsten Schritte zu beraten, als es schellte. An der Tür standen zwei Polizisten, und dieses Mal bestand kein Zweifel, dass es echte Polizisten waren, die sich übrigens sofort vorstellten und auswiesen. Lisbeths Gesicht war offenbar ein ziemlicher Schreck anzusehen, deswegen sprach der Ältere gleich beruhigend: „Frau Ewald, machen sie sich keine Sorgen, aber dürfen wir einen Moment reinkommen?" „Natürlich", sagte Lisbeth und lenkte die beiden gleich ins Wohnzimmer, damit sie auf keinen Fall irgendwelche Geräusche aus dem Keller wahrnehmen könnten. „Das ist meine Freundin, Frau Ursula Kahl." „Sehr angenehm", sagte der Ältere, der auch die weitere Diskussion führte, während der Jüngere einige Notizen machte.

„Frau Ewald, Sie haben es vielleicht in der Zeitung gelesen: Wir haben eine so genannte Enkeltrick- Betrügerin gefasst."

„Ja, das habe ich gelesen."

„Jetzt haben wir deren Handy sichergestellt und untersucht, und da ist uns aufgefallen, dass die Dame am 22.10. gegen 14.30 auch mit ihnen telefoniert hat, ein längeres Gespräch."

Uschi bemerkte Lisbeths Nervosität, deswegen griff sie nach ihrer Hand, und sagt:

„Erzähl doch ruhig, sie hat es bei Dir auch versucht, ist aber gleich abgeblitzt." „Ja, so war es", ergänzte Lisbeth, „Ich habe sofort bemerkt, dass da was nicht stimmt."

„Frau Ewald, so etwas müssen sie der Polizei melden."

„Ach ja, ich weiß, aber die war ich doch schnell wieder los. Ich dachte das wär nicht nötig, und ich war auch ein bisschen stolz auf mich, dass ich mich nicht hab reinlegen lassen."

„Das können sie auch sein, aber da ist noch was, und daraus können wir uns keinen Reim machen: Etwa eine Stunde später hat sie ein Gespräch mit einem gewissen Mario Abramcic geführt. Beim Verhör hat sie zugegeben, dass sich Herr Abramcic als Polizist ausgegeben hätte, um zu versuchen, bei Ihnen Geld abzuholen, und das sei ihm sicher auch gelungen, aber sie hätte damit nichts zu tun."

O weh, jetzt wurde Lisbeth sichtlich nervös. Der Polizist wollte sie beruhigen: „Frau Ewald, wir kennen das. Die Betrogenen schämen sich, sie wollen nicht darüber reden, aber wir bemühen uns, das Geld wieder zu beschaffen. Die schlechte Nachricht ist: Sehr viel kommt nicht dabei raus. Wollen Sie uns vielleicht noch mehr erzählen? Wie ist es genau abgelaufen?" Da fragte Uschi, um etwas Zeit zu gewinnen: „Mario Abramcic, was ist das für einer?" Lisbeth ging durch den Kopf, dass ihr Gefangener möglicherweise ein sehr gefährlicher Bursche wäre, und dann wäre es besser, die Polizei sofort in den Keller zu führen,

aber der jüngere Polizist sagte gleich: „Der? Noch nicht groß aufgefallen: Bisschen Ladendiebstahl, als er jünger war, ein Straßenmusikant, wurde einmal mit Hasch erwischt, musste dafür gemeinnützige Arbeit leisten, das war's, aber was nicht ist, kann ja noch werden. Man weiß ja, wie die so sind." Der ältere Polizist warf dem jüngeren einen strafenden Blick zu, sei es, weil ihm dessen Einschätzung nicht gefiel, oder sei es, weil die Polizei keine Informationen rauslassen sollte, die Andere nichts angehen. Uschi musste mal verschwinden. Sie ging nicht zur Toilette, sondern eilte in den Keller und flüsterte durch das Fensterchen am Gefängnis. „Mario, stell jetzt keine Fragen. Oben ist die Polizei, also mucks Mäuschen still bleiben." Dann gesellte sie sich wieder zu den Anderen.

Lisbeth, die sich mittlerweile gefasst hatte, sagte jetzt: „Ich werde es Ihnen genau erzählen: Nach dem Gespräch mit der Frau, die sich als meine Enkeltochter ausgegeben hatte, war mir sofort klar, dass ein Betrug geplant war. Ich bin dann zur Sparkasse gefahren, dort in einem hinteren Raum für eine Weile geblieben und mit einem Taxi zurückgefahren. Ich habe auch einen Umschlag mit Papier gefüllt, dass es aussah, wie eine Menge Geld. Dann wollte ich die Polizei anrufen,

damit sie die Betrügerin oder einen Komplizen, wie auch immer, schnappen könnte, aber als ich das gerade machen wollte, war die Polizei schon da. Das war keine richtige Polizei, das habe ich sofort gemerkt."

„Ja, die hat mein Mann auch gesehen, es hätten aber auch Handwerker sein können, wie die aussahen", sagte Uschi, und Lisbeth fuhr fort: „Es waren ein Mann und eine Frau. Die Frau hat nichts gesagt, wahrscheinlich, damit ich ihre Stimme nicht erkenne, und der Mann sagte: Hol schon mal den Wagen. Da musste ich fast lachen. Jedenfalls tat sie das: Sie holte das Fluchtauto. Nun hatte ich ja Angst: wenn ich dem Kerl den Umschlag voll Papier aushändige, schlägt er mich vielleicht nieder vor lauter Ärger, oder er raubt meinen Schmuck, aber es kam anders: Der Mann sagte plötzlich: Er wolle nichts damit zu tun haben, er müsste jetzt hier irgendwie weg. Da habe ich ihm gesagt, er solle sich im Gebüsch verstecken, und das tat er. Dann war da wieder die Frau und hat nach ihm gefragt, und ich hab gesagt, er sei mit dem Umschlag abgehauen durch meinen Hintereingang. Das hat ihr nicht gefallen. Sie schrie: Fack, fack und brauste mit dem Auto davon, aber er heißt ja gar nicht Fack, sondern Abramcic, wie sie sagen." Die Polizisten schmunzelten etwas, und Uschi musste sich kneifen, um nicht laut los zu prusten. Dann ergänzte sie: „Ja, genau das hat mein Mann auch gesehen: Erst waren da zwei Personen in dunklen Overalls und nachher nur noch die Frau, die dann mit dem Auto davon gebraust ist."

„O,o,o, Frau Ewald, Sie machen Sachen, das ist ja gerade noch einmal gut gegangen. Und die haben Sie wirklich um keinen Cent betrogen?"

„Sie dürfen gerne meine Konten überprüfen."

Danach verabschiedeten sich die Polizisten, nicht ohne Lisbeth noch mehrmals zu ermahnen, dass sie doch in solchen Fällen unbedingt die Polizei verständigen möge. Es habe sich ja jetzt in Münster gezeigt, wie hilfreich das ist.

Als sie Freundinnen wieder allein waren, schwiegen sie für wenige Sekunden, pressten Luft durch die Nase, und dann brachen sie in fröhliches Gelächter aus. Das Witzigste, meinte Uschi, sei die Mischung aus Lüge und Wahrheit. Der gute Oskar würde ja alles bezeugen, was Lisbeth erzählt hat, nur eben das Wesentliche sei ihr Geheimnis. Dann mussten sie wieder lachen, und dabei fing Uschi an, zu philosophieren: Wahrheit ist gut und edel, aber ein bisschen flunkern macht das Leben interessant. Wahrheit ist wie Oskar, und Flunkern ist wie Uschi. Wahrheit ist wie ein guter Rotwein, und Flunkern ist wie spritziger Sekt.

Das war ein Stichwort: Sie öffneten eine Flasche Sekt, stießen mit vollen Gläsern an, und dann stiegen sie vergnügt in den Keller. Uschi rief: „Hallo Mario, jetzt gibt es Sekt, es gibt was zu feiern."

Mario war immer noch ziemlich erschrocken und schrie: „Scheiße, Scheiße, sie hat mich verpfiffen das Miststück, jetzt ist sowieso alles aus." „Noch nicht ganz", sagte Lisbeth, „alles hängt jetzt von uns ab, Herr Abramcic, wir werden Gericht halten und entscheiden, wie es mit ihnen weiter geht, aber wir können jetzt schon sagen: Hier bleiben oder echtes Gefängnis, was ist Ihnen lieber?" „Hier bleiben." „Eine kluge Entscheidung", sagte Uschi, „darauf trinken wir einen." Darauf anstoßen konnte man natürlich nicht; Mario durfte nach wie vor kein Glas haben, also wurde ihm der Sekt im Kaffeebecher rübergeschoben.

Er war so nervös, dass er etwas verschüttete, sich aber andererseits nicht weigerte, zu trinken, und er wollte noch einen Becher haben auf den Schreck.

Dann bettelte er etwas, um zu erfahren, woher sie seinen Namen hätten, aber die Freundinnen blieben hart, sagten: „Wir stellen hier die Fragen", oder gaben ähnliche Klischees von sich, sagten auch: „Hey, kleiner Ladendieb, mach uns mal ein bisschen Musi, oder hallo, Zwergdealer, besorgst du uns auch mal einen Joint? Komm, trink noch n' Schluck!"

Mario trank und spielte, während die reifen Damen sangen und schunkelten. Dabei wurde viel gelacht, nach einem Weilchen sogar auf beiden Seiten der eisernen Tür, und zwischendurch wurde Mario behutsam ausgequetscht. Mario fiel am Ende in eine sentimentale Verfassung und fing an zu weinen. Das trübte natürlich die Stimmung und führte zum Ende der Party.

Als Uschi nach Hause kam, war Oskar schon längst da, und ihm entging nicht, dass seine Frau ganz leicht beschwipst war, und ihr entging nicht, dass er es bemerkte, deswegen trällerte sie fröhlich: „Lisbeth hat eine schöne Erstattung von der Beihilfe bekommen, mit der sie gar nicht mehr gerechnet hätte. Das mussten wir feiern, die Frage war nur: Mit Rotwein oder mit Sekt? Und da passte Sekt einfach besser."

Oskar wusste, wann es nicht zweckmäßig ist, nachzuhaken.

9.

Uschi setzte das Verhör auch am nächsten Morgen fort, wobei sie Mario, der wissen wollte, warum die Polizei ihn nicht mitgenommen hätte, wo sie doch schon im Haus gewesen wäre, immer wieder darauf hinwies, dass sein Schicksal ganz in Lisbeths und ihrer Hand lag, und dass er deswegen durchaus Gnade vor Recht erfahren könnte, wohl gemerkt, könnte. Am Ende ergab sich ein Bild ihres Gefangenen, deutlich genug, um ein Urteil zu sprechen, wenn man schon dabei war, Gericht zu spielen.

Marios Beichte

Ich heiße Mario Abramcic und bin 21 Jahre alt. Ich habe einen Bruder mit Namen Mateo, der drei Jahre älter ist als ich. An meinen Vater kann ich mich kaum noch erinnern. Als ich klein war, wohnten wir in einem Wohnwagen, bis Mateo in die Schule musste. Dann bestanden die Behörden darauf, dass wir in ein Haus mit Sozialwohnungen zögen. Auch in den anderen Wohnungen wohnten unsere Leute, obwohl jeder weiß, dass das nicht gut ist. Familien, die früher befreundet waren, gerieten jetzt in Streit, und keiner kümmerte sich um das Haus (Sauberkeit usw.). Nach einem Jahr verschwand mein Vater. Es heißt, er sei wieder nach Kroatien gegangen, wo seine Eltern her waren.

Meine Mutter, die früher von Handarbeiten lebte, arbeitete als Putze, wurde aber nicht gerecht bezahlt. Verschiedene Männer kamen auch zu uns und gingen wieder. Als ich dreizehn war, kam einer der nicht wieder ging. Er war keiner von uns, arbeitete nicht, sondern ließ sich aushalten, saß den ganzen Tag an der Glotze, rauchte, soff und meckerte. Ich glaube, er übte einen sehr schlechten Einfluss auf meine Mutter aus. Sobald mein Bruder Mateo die Schule abgeschlossen und eine Lehrstelle als Dachdecker bekommen hatte, zog er in ein Lehrlingsheim. Da hielt es mich auch nicht viel länger: Ich übernachtete jetzt immer häufiger bei Kumpels in verschiedenen Wohnwagen, auch fremden. Die Schule habe ich immer öfter geschwänzt, und als ich nicht mehr schulpflichtig war, bin ich nicht mehr hingegangen. Deswegen habe ich keinen Abschluss, also bekam ich auch keine Lehrstelle. Nach Hause ging ich fast gar nicht mehr. Wir haben öfters Lebensmittel stibitzt, wobei ich manchmal erwischt wurde. Seit vier Jahren halte ich mich mit Straßenmusik über Wasser. Eine andere Einnahmequelle ist der Anbau von Gras, das geht ganz unauffällig, zum Beispiel am Seitenstreifen der A1.

Einmal hat man mich beim Verticken vom Hasch erwischt. Zur Strafe musste ich gemeinnützige Arbeit leisten, aber eigentlich war das für mich keine Strafe: Mein Dienst bestand darin, im Altersheim Musik zu machen mit meiner Quetsche, das war nicht schlecht. Ich hatte es warm im Winter, es gab reichlich Kaffee und Kuchen und auch Trinkgeld. Alles in allem ist ein Leben bei ständigem Geldmangel ziemlich hart. Vor kurzem lernte ich Gabi kennen. Ich war ziemlich stolz auf meine blonde Freundin, und meine Kumpel haben mich auch beneidet, aber Gabi hatte keinen Bock auf arm sein und hatte die Idee, wie man auf die Schnelle 20 000 bis 40 000 Euro einstreichen könnte, als falsche Enkeltochter. Die Idee war ja nicht neu, man musste damit rechnen, dass die Omas misstrauisch werden und die Polizei rufen. Darum haben wir uns überlegt, dass wir selber Polizei spielen und das Geld schon mitnehmen, ehe die richtige Polizei auftaucht.

Wie es weiter ging, wisst Ihr ja.

Jetzt konnte die Verhandlung beginnen. Lisbeth als Staatsanwältin wies auf die Schwere des Falls hin: Besonders verwerflich sei es, ältere Witwen zu betrügen, die ja im Notfall auf ihre Ersparnisse zurückgreifen müssten. Darüber hinaus würden ältere Menschen im Allgemeinen eine besondere Zuneigung zu ihren Enkelkindern empfinden, und es sei daher sehr hinterlistig, dieses edle Gefühl zu missbrauchen. Sie plädiere daher für eine Kellerhaft bis zum vierten Dezember, und danach Freigang bis zum 28. Februar, wobei allerdings noch nicht klar wär, wie Letzteres zu bewerkstelligen sei.

Uschi als Rechtsanwältin bestritt nicht die Schwere des Falls, machte aber geltend, dass der Angeklagte unter schwierigen Verhältnissen aufgewachsen sei. Andererseits zeuge seine Arbeit im Altersheim davon, dass die Chance auf eine Resozialisierung bestehe, und dass diese Chance schon während der Haft wahrgenommen werden möge.

Mario hatte nichts hinzuzufügen, außer: „O, Mann!"

Durch Lisbeth als Richterin erging folgendes Urteil: Die Kellerhaft bleibt bis zum vierten Dezember bestehen. Danach erhält der Delinquent uneingeschränkten Freigang. Die Strafe endet am 28. Februar. Der Häftling hat seinen Hauptschulabschluss nachzuholen und muss daher während der Haft den erforderlichen Unterricht über sich ergehen lassen. Er muss ferner einen Brief an seine Mutter schreiben. Der Inhalt wird ihm anheimgestellt. Schließlich muss er seinen Personalausweis zum Zwecke des Kopierens ausleihen, damit in seinem Namen erforderliche Formulare und Dokumente eingeholt werden könnten.

Mario sagte: „Wenn ich hier raus bin, schnappt mich die Polizei, dann werde ich doppelt bestraft, einmal hier und einmal durch ein richtiges Gericht." Lisbeth erwiderte: „Das wird bestimmt nicht passieren, wenn sie sich an unsere Auflagen halten, aber warum das so ist, können wir ihnen jetzt noch nicht sagen."

Danach schwieg Mario, und das wurde als Annahme des Urteils gewertet.

Die nächsten Tage verbrachte Lisbeth damit, die erforderlichen Unterlagen für die so genannte Nichtschülerprüfung Hauptschulabschluss zu besorgen. Dazu gehörte auch der Nachweis über die bisherigen Leistungen des Schülers Mario Abramcic. Das war etwas schwierig, aber mit einer Ermächtigung, von Lisbeth, geschrieben auf einer Kopie seines Personalausweises, von Mario unterschrieben, und mit viel Überredungskunst ging es. Dabei konnte Lisbeth damit punkten, dass sie ja Kollegin sei und nach der Pensionierung es als ihre gemeinnützige Aufgabe ansehe, gescheiterte Jugendliche durch Nachhilfe auf die rechte Bahn zu bringen. Im Spezialfall Mario stimmte es sogar.

Geeignetes Arbeitsmaterial ließ sich mühelos im Internet runterladen. Derweil hatte Mario einen Brief an seine Mutter verfasst:
Liebe Mama,
wie geht es dir mir geht es gut. Ich kann jetz hier nich weg aber balt. Ich muss noch viel lernen weil ich will entlich Hauptschulabschlus machen und dann eine Leere anfangen wie Mateo. Ich will dich auch besuchen aber zuhause wohnen kann ich nich solange das Arschloch da noch ist.

Liebe Grüsse von Mario

„O la la", stöhnte Uschi, „da wartet noch ein Haufen Arbeit auf uns." Der Brief wurde aber genauso weggeschickt mit der Absenderadresse: Postlagernd.

Mario genoss täglich morgens und nachmittags einen strengen Unterricht durch kompetente Kräfte: Lisbeth hatte ein Examen der Sekundarstufe 1 in den Fächern Mathematik, Biologie und Chemie. Sie hatte ihren Helmut bei einem pädagogischen Fortbildungsseminar kennengelernt. Helmut, angehender Studienrat für Deutsch und Latein, war auf die schlanke blonde ansehnliche Frau mit dem freundlichen Lächeln sofort abgefahren (er hätte es nicht so gesagt). Lisbeth unterrichtete bis zur Pensionierung, unterbrochen von sechs Jahren, in denen sie nur für ihre Jungs da war.

Uschi hatte einige Semester Anglistik und Geschichte studiert. Mehr zufällig geriet sie in das Seminar für Ur- und Frühgeschichte am Domplatz in Münster. Ein derart quirliges Mädchen, dazu noch rothaarig und intelligent, hatte man dort noch nie gesehen. So nahm es nicht Wunder, dass jedes Mitglied des Lehrkörpers, vom Chef bis zur wissenschaftlichen Hilfskraft, ihre erste Seminararbeit persönlich mit ihr in einer gesonderten Sprechstunde besprechen wollte. Zu aller Verwunderung entschied sie sich für den ruhigen, kenntnisreichen Studenten Oskar Kahl aus Osnabrück. Gelegentlich äußerte Oskar, er sei glücklich, noch eine rothaarige Frau gefunden zu haben, denn die Hexen seien in Osnabrück nahezu vollständig verbrannt worden. Darüber musste Uschi herzlich lachen: Manchmal hatte Oskar eben doch Humor. Er schrieb übrigens eine ausgezeichnete Dissertation, konnte aber in seinem Fach keinen Job finden, machte noch eine Ausbildung zum Finanzwirt und ließ sich in Osnabrück als Steuerberater nieder.

Lisbeth und Uschi hatten sich am Sandkasten bei der Beaufsichtigung ihrer Kinder kennengelernt, dem Ort, an dem bekanntlich die innigsten Freundschaften zwischen erwachsenen Frauen entstehen. Dabei war Lisbeth sieben Jahre älter als Uschi. Man könnte meinen, dass Justus und Konrad für Uschis Töchter Laura und Bettina bestimmt waren, sie blieben auch gute Freunde, aber es kam anders: Laura verschwand als Au-pair-Mädchen nach Frankreich und blieb dort, Bettina ging gleich nach dem Abitur nach München. Bei Kahls gab es auch noch einen viel jüngeren Bruder David. Der ist Filmschaffender in Berlin (behauptet er).

Nach fünf Tagen fand Lisbeth einen postlagernden Brief von Marios Mutter:

Mein liebes Jüngelche

über dein Brief hab ich mich ser gefreit, auch das du willst Hauptschulabschluss machen. Ich habe dein Brief Mateo gezeigt, der hat gesagt das viel Fehler drin. Wenn Mateo da, sucht er nach Flaschen und wenn er find, giest er in Ausgus, Das ist gut. Mateo hat Wohnung und Auto und bald kommt Enkelchen. Ich frei mich. Du kanst hier wohnen weil Arschloch ist entlich weg.

Viel Kisschen

Deine Mama

Als Mario ihn gelesen hatte, sagte er: „Da auch viel Fehler drin", denn er hatte in der Zwischenzeit schon einiges gelernt, war stolz darauf, und Stolz kann man in Angeberei oder Humor umsetzen, je nachdem.

Am vierten Dezember wurde Marios Befreiung aus dem Gefängnis feierlich begangen. Mario atmete in der frischen Winterluft kräftig ein und aus, während Lisbeth ihm erzählte, was sie der Polizei gesagt hatte, und darüber war er sehr glücklich.

Der morgendliche Cappuccino wurde zu einem Brunch ausgeweitet, und danach machte sich Mario auf den Weg zu seiner Mutter. Seine Arbeitsmaterialien nahm er mit, die Mundharmonika gab er zurück; seine eigene wäre besser. Er hatte erstaunliche Fortschritte gemacht. Dazu meinte er, dass er nie so gute Lehrerinnen gehabt hätte.

Allerdings war das Lernziel noch nicht erreicht. Die Freundinnen ermahnten ihn, täglich vorbeizukommen, um den Unterricht fortzusetzen, waren sich aber nicht sicher, ob er es wirklich täte.

Am nächsten Abend bekam Lisbeth überraschenden Besuch von ihrer Enkeltochter Lena. Ach, die Liebe, sie wollte unbedingt mit ihrer Großmama Nikolaus feiern. Am nächsten Morgen schellte es, als die beiden noch beim Frühstück saßen, und das war nicht allzu früh, denn die beiden hatten sich viel zu erzählen. Lena rannte gleich zur Tür, und schon standen sich zwei junge Menschen überrascht gegenüber.

Lisbeth eilte gleich hinterher und rief: Das ist Mario, mein Nachhilfeschüler. Sie stellte auch Lena vor, und das machte Mario sichtlich verlegen, wusste er doch, dass Lena das Objekt des Enkelbetrugs war. Deswegen verabschiedete er sich gleich, versprach aber, zum Nachmittagsunterricht wiederzukommen. Nachdem Lisbeth ihrer Enkeltochter erklärt hatte, dass es sich um Nachhilfe für gestrauchelte Jugendliche handelte, die ihren Hauptschulabschluss nachholen wollen, konnte sich Lena gar nicht einkriegen, dass Engagement ihrer Großmama zu preisen.

Bis zum 28. Februar kam Mario an jedem Alltag zuverlässig vormittags und nachmittags zum Unterricht. Die Freundinnen waren zuversichtlich, dass er die Prüfung schaffen würde.

10. Epilog

Mario fühlte sich frei. Er wohnte bei seiner Mutter, lernte für seine Prüfung, erledigte auch Papierkram für die Nachbarn, weil er es inzwischen am besten konnte, und besuchte ab und an seine Kumpel. Er hatte auch Lust, zu musizieren, aber auf den Straßen war es noch zu kalt, und außerdem war sein Akkordeon, das er zuletzt in einem Wohnwagen gelagert hatte, verschwunden.

Anfang März trafen sich Mario und Gabi zufällig. Gabi fing sofort an zu schimpfen:

„Ich muss in vier Wochen zur Gerichtsverhandlung, und du läufst hier einfach so rum mit 30 000 Euro in der Tasche, aber dich kriegen sie auch noch. Ich hab's ja schon der Polizei gesagt und vor Gericht sage ich es noch einmal. Ich wundere mich, dass du noch frei rumläufst."

„Weil ich gar kein Geld abgeholt habe."

„Ach nee, das mit dem im Keller eingesperrt und dicker Eisentür, das ist doch Märchenstunde. Wo warst du wirklich, als ich dich mit dem Auto und der Beute abholen wollte?"

„Im Gebüsch versteckt. Ich hab mich bei der Alten entschuldigt, weil ich solche Sachen nicht mache, aber du machst dauernd Druck. Das hat die Alte übrigens genauso auch der Polizei gesagt."

„Wo warst du überhaupt die ganze Zeit?"

„Das geht dich nichts an, und außerdem hast du meine Quetsche verscherbelt!"

Das letzte behauptete Mario einfach auf Verdacht, aber an der Reaktion von Gabi sah er, dass er Recht hatte.

Sie sagte nur: „Leck mich", und verschwand.

Mario klapperte alle Trödler in Osnabrück ab und fand sein Akkordeon alsbald. Der Händler wollte dafür 450 Euro haben, die Mario natürlich nicht aufbringen konnte. Als er davon Lisbeth erzählte, ging sie mit ihm. Sie bestand darauf, dass der Händler das Instrument zu dem Preis hergäbe, den er dafür bezahlt habe, denn es sei Diebesgut. Der Trödler log: er habe es schon immer besessen, und zeigte einfach die kalte Schulter.

Oskar hatte wohl mitbekommen, dass seine Frau und ihre Freundin einem gestrauchelten Jugendlichen Nachhilfe erteilten, aber von dessen Gefangenschaft wusste er nichts und erfuhr auch nie etwas. Gleichwohl war jetzt seine Hilfe gefragt. Zusammen mit Uschi und Mario suchte er den Trödler auf und wies sich dort als Finanzwirt aus. Es war ihm etwas unangenehm, denn es überstieg seine Befugnis, als er sagte: „Ich muss hier eine kleine Überprüfung vornehmen, es geht um einen ganz konkreten Fall, und wenn wir den zufriedenstellend lösen, kann ich von einer größeren Sache absehen." Weil Mario dabei war, ahnte der Trödler, dass es um das Akkordeon ging, und behauptete wieder frech, dass er es schon vor langer Zeit erworben habe.

Da zeigte Mario ein Foto von Gabi auf seinem Handy, und Uschi sagte: „Wir wissen, dass Sie das Instrument von dieser Frau, die sich übrigens wegen Betrugs vor Gericht verantworten muss, gekauft haben; wir wissen auch, wie viel Sie ihr bezahlt haben, wir wollen es nur noch einmal von Ihnen hören, bevor wir Sie wegen Hehlerei anklagen." Darauf begann der Trödler ein Lamento über die Schwierigkeiten seines Geschäfts. Die jungen Leute hätten keinen Sinn mehr für Antiquitäten, er müsse viele feinste alte Stücke billiger hergeben als er selbst dafür bezahlt hätte, und so ähnlich. Am Ende gestand er, dass er nur 65 Euro an besagte Frau gezahlt hätte. Den Betrag beglich Uschi umgehend, und die drei zogen mit dem Akkordeon ab.

Zum Dank gab Mario an der nächsten geeigneten Stelle ein Ständchen. Es bildete alsbald ein Halbkreis von Zuhörern, und es landeten sogar einige Silbermünzen (auch eine, die nicht zum Euroraum gehörte) in Marios Mütze. „Vergiss trotzdem nicht, zu lernen", rief Uschi noch, bevor sie sich mit Oskar auf den Heimweg machte.

An einem sonnigen Vormittag im April nahmen Lisbeth und Uschi ihren Cappuccino draußen auf der Terrasse ein. Da näherte sich Mario von der Gartenseite, Er hatte einen Strauß Tulpen in der Hand und rief schon von Weitem: „Bestanden!" Er musste natürlich viel erzählen und meinte, insgesamt sei ihm die Prüfung nicht allzu schwer gefallen. Weil es in diesem Frühjahr schon etliche sonnige Tage gab, hätte er sich neben dem Unterricht und der Lernerei auch der Straßenmusik gewidmet, und dann legte er tatsächlich 65 Euro auf den Tisch. Während Mario und Uschi das Geld noch hin- und her schoben, meldete sich das Telefon.

„Ja, Ewald."

„Guten Tag, Frau Ewald, hier meldet sich ihre Sparkasse in einer sehr dringenden Angelegenheit."

„O, was ist denn?"

„Es geht um ihr Geld, es ist in Gefahr, verloren zu gehen, wenn sie nicht sofort etwas dagegen unternehmen!"

„Mein Geld auf der Bank ist in Gefahr?" fragte Lisbeth, während sie das Telefon auf laut stellte.

„Genau das, eine Bande von Hackern aus dem Libanon hat unsere Sicherheitscodes geknackt und zieht nach und nach alle Konten ab. Es kommt jetzt darauf an, dass sie schnell handeln, damit sie ihr Erspartes nicht verlieren."

„Hilfe, kann denn die Sparkasse nichts dagegen tun?"

„Natürlich, wir stehen in ständigem Kontakt mit unseren Software Experten und auch mit der Landesbank, aber bis wir die Sache geregelt haben, können schon einige Konten leergeräumt sein."

„Was kann ich denn jetzt tun?"

„Ich verbinde sie mit dem Direktor."

„Ja, Pfeiffer hier, Frau Ewald, das Wichtigste ist jetzt, dass sie Ruhe bewahren. Gehen sie einfach zu ihrer Zweigstelle, lösen ihr Sparkonto auf und heben alles ab. Dann haben sie noch eine Chance, dass sie ihr Geld nicht verlieren. Und noch etwas, wenn der Angestellte Fragen stellt oder zögert, dann ist es ein Zeichen dafür, dass der schon mit der Mafia arbeitet."

„Das ist ja furchtbar, wo soll ich denn hin mit dem ganzen Geld?"

„Ich würde vorschlagen, sie behalten es bei sich. Unser Bote, und den haben wir überprüft, wird es noch heute bei ihnen abholen."

„Ich kann so viel Geld nicht bei mir tragen, sie wissen, meine Hausangestellte…"

„Lassen sie es niemanden wissen, das wollte ich ihnen noch sagen."

„Das ist klar", sagte Lisbeth, „ich habe ein sehr gutes Versteck im Keller, da kann der Bote es abholen, ohne dass einer es merkt."

„So werden wir es machen", hörte sie noch. Dann legte Lisbeth auf.

Von ihrer Terrasse erschallte ein lautes fröhliches Gelächter.

Soscha
1.

Zeichnung: Malik Bröcker

Für mich heißt die Katze Soscha. Ich muss darauf bestehen, dass Soscha mir nicht gehört, nie gehört hat und auch nie gehören wird. Soscha ist da ganz anderer Meinung.

„Soscha", so versuche ich ihr beizubringen, „wenn ich dir Milch und Futter bringe, so tue ich das aus reiner Barmherzigkeit, und nicht, weil du meine Katze wärst. Das gibt mir auch das Recht, dir einen Namen zu geben. Hast du überhaupt jemals einen anderen Namen gehabt? Na also."

Wie komme ich auf den Namen Soscha? Als ich jung war, bekam ich eine kleine Rolle in einem Heimatfilm: Ich spielte die Magd Soscha und war hübsch anzusehen, das könnt ihr mir glauben, so hübsch, dass es weiterhin gut lief mit der Schauspielerei. Was war ich nicht alles: Sekretärin, Kindermädchen, Nebenbuhlerin, Reitlehrerin, Kellnerin, Köchin, Taxifahrerin (real und als Schauspielerin), ach, wen interessiert das noch; der große Durchbruch blieb aus: Kein Filmpreis, kein Bambi und immer weniger Rollen.

Ich muss allerdings dazu sagen, dass den Produzenten auch nichts mehr einfällt, doch wenn du was zu beißen brauchst, musst du jeden Mist annehmen.

„He, Soscha, die Post hast du auch noch nicht weggebracht. Nächste Woche wollen wir hier Geburtstag feiern. Da kannst du nicht mit so einem Getüdel um den Hals rumlaufen", so schimpfte ich. Ja, was für eine Post, was für ein Getüdel? Rückblickend würde ich sagen: Die wichtigste Post in meinem Leben, inklusive der Fanpost, die ich nur noch sporadisch empfange.

Die beiden Männer, die ich hatte, sind auch aus der Filmbranche, deswegen geht es denen eher schlechter als mir. „Nicht wahr Soscha, ich sehe noch gut aus mit fast 65, vielleicht ein bisschen füllig, daran muss ich noch arbeiten, andererseits, viele Männer mögen das. Es könnte doch mal einer kommen und mich wiederentdecken. „Ist dir eigentlich klar, Soscha, wie kläglich meine Rente aus der Künstlersozialkasse ausfallen wird, von der ich auch noch dein Futter spendieren soll? --Miau ist keine Antwort."

Aus meiner Ehe mit Ex 2 habe ich zwei Töchter, sie heißen Lucy und Rita nach den Songs, die ich immer noch liebe. Sie sind fast so hübsch, wie ich damals, verdienen nicht viel, aber Ritas Mann, der Ossi, umso mehr. Peter, der Junge aus meiner ersten Ehe, kommt zurecht und Lucy ist dabei, sich hoch zu kämpfen. Jetzt denkt ihr, dass ich meinen Kindern auf der Tasche liege, aber das stimmt nur in einem ganz geringen Umfang.

Ja, ich habe ein Zimmer bei Rita in einer großzügigen Altbauwohnung, sozusagen als Untermieterin, aber da bin ich nur gemeldet, dahin komme ich nur zu Besuch, da hole ich meine Post ab, vielleicht gibt es ja doch noch einmal ein Angebot für eine kleine Rolle: Ich als nervige Schwiegermutter (die ich nicht bin), oder als Puffmutter, warum nicht? Meine Mailadresse haben die auch, diese Mistfilmemacher.

Sonst bin ich total zufrieden, jedenfalls meistens: Ich bin eine

Laubenpieperin in einer schönen Kolonie in Berlin. Genaueres kann ich nicht verraten, sonst kommt irgend so ein Piffer aus einer Behörde und schreit: Nicht erlaubt, nicht erlaubt, aber da bin ich ja nicht die Einzige. Die Parzelle hat Rita gepachtet. Darauf steht auch eine nette Hütte, mein Heim, mit Wohnküche, Schlafzimmer und Bad, alles klein, klein, aber lauschig. Das Bad ist toll, jedenfalls seit diesem Sommer. Das hat etwas mit Adam zu tun. Meine Existenz ist hygienisch einwandfrei, ich versiffe noch nicht.

Auch meine Minirente, wie mir die Künstlersozialkasse beschieden hat, wird reichen. Was brauche ich denn? Sonntags kommt Familie mit Enkeln, wobei die Kleineren hier mächtig rumwuseln, Beeren pflücken und versuchen, Soscha zu streicheln, während die Größeren Federball spielen und dabei die Erwachsenen herausfordern. Dazu gibt es Kaffee, Kuchen, Limo und Gequatsche wie in den meisten anderen Lauben auch. Alltags genieße ich meine Ruhe. Wenn der Abend milde ist, trinke ich noch ein Bier mit Adam, meinem Nachbarn.

Adam ist Pole, ein untersetzter Typ, wie man so sagt, mit rundem Gesicht und großem Schnauzer darin. Seine Haare sind dunkel aber schon etwas licht, die großen Geheimratsecken lassen sie aussehen, wie eine Insel in einer Bucht. Wir sitzen da, lauschen auf Vogelstimmen, lassen die Grillen zirpen und streicheln die Katze. Soscha kommt meistens zu mir, weil ich sie nicht beachte. „Komisch, Grillen zirpen und Fleisch grillen", sagt Adam, „Bald wir wollen grillen alle zusammen, wenn mein Frau kommt aus Stettin. Und was ist zirpen?" „Zirpen ist speziell für die Grillen, die anderen Tiere zirpen nicht, soviel ich weiß." „A, wie in Polen: Swierszcze cwierkaja." Ich versuche nicht, das nachzusprechen.

„Wenn wir grillen, muss ich eine Woche fasten und wenigstens vegetarisch essen, sonst gehe ich auseinander." „Du siehst prima aus, wie du bist." „Ja, ja, das sagst du so."

Obwohl ich meistens im Jeans und Sweatshirt rumlaufe bin ich ziemlich eitel und betrachte mich oft im Spiegel, übe, ein nettes

Gesicht zu machen: Typisch Schauspielerin. Mein Haar ist grau, aber dicht und etwas struppelig, das spart den häufigen Gang zum Friseur, meine Augenbrauen ausdrucksvoll, etwas asymmetrisch, die Augen wach, und mein Mund ist noch mehr als ein Strich. Auch mein Hals ist noch straff, nicht so schlabberich wie bei Hanfried, meinem Ex Nr.1, der ihn allerdings mit seinem Seemannsbart kaschiert. Beautycreme, Wimperntusche und Lippenstift, lauter Pröbchen, die ich bei meinen diversen Fototerminen abstaube, alle ganz dezent angewendet, müssen auch ihren Beitrag leisten, nur damit ich echt nach Wind, Wetter und Garten aussehe.

Manchmal werde ich noch angesprochen, meist von älteren Herrschaften, z.B. im Supermarkt. Ich merke es schon vorher: Sie sehen schüchtern und kurz zu mir rüber, richten es so ein, dass sie mir mit ihrem Einkaufswagen immer wieder begegnen und irgendwann schieben sie sich von der Seite zu mir ran: „Entschuldigen sie, darf ich sie mal was fragen? Sind sie nicht….." Könnte sein", sage ich dann, und manchmal kommt es sogar dazu, dass ich einen Einkaufszettel mit meinem Autogramm verziere: Franziska Brandes. Das ist übrigens mein wirklicher Mädchenname.

Im Waschsalon ist es etwas anders: Ich reserviere mir immer Donnerstag 10 Uhr. Die Anwesenden sagen: Hallo Franziska, ich sage auch: Hallo. Die wissen, wer ich bin, ich weiß nicht, wer die anderen sind, aber sie erzählen es mir, während sie scheußlichen Filterkaffee schlürfen. „Kaffee dürft ihr euch nehmen, aber bringt eure Becher mit." So ist das da, aber ich verzichte auf die Plörre.

2.

Bis zum Frühjahr wohnte ich noch in einer 2-Zimmerwohnung in Moabit. Das Ende kündigte sich im letzten Herbst an, als ich einen größeren Brief in meinem Postfach fand, Darin waren zwei weitere Kuverts, nämlich einer mit Trauerrand und ein schlichter. Natürlich öffnete ich mit leichtem Schaudern gleich den ersten, in dem mir das Ableben einer gewissen Ute Huster, geb. Schmidt mitgeteilt wurde. Erst, als ich die Namen der Nachkommen las, fiel mir ein, dass es sich um die alte Dame handelte, der das Haus gehörte, in dem ich wohnte. Als ich einzog, hatte ich sie noch ab und an gesehen; sie kroch durchs Treppenhaus oder stapfte durch den Hof und sagte jedem, dem sie begegnete: Alles Gute oder Gottes Segen. Die Hausverwaltung besorgte ihr Sohn Georg, und von ihm war auch der Brief in dem zweiten Umschlag. Georg schrieb, wie ich aus der Traueranzeige ersähe, hätte er noch zwei Schwestern. Er wäre dafür, nach Regelung der Erbangelegenheiten alles beim Alten zu lassen, aber er befürchte, dass seine Schwestern da anderer Meinung wären. Dann bat er mich noch persönlich, zur Trauerfeier zu kommen, was mich überraschte: Die Zeiten, in denen man sich mit meiner Anwesenheit schmücken konnte, waren längst vorbei.

Die Trauergemeinde war überschaubar: Georg mit Frau, eine Schwester mit Mann, eine weitere Schwester, zwei betagte Damen, eine mit Rollator, die andere nur mit Handstock bewaffnet, drei jüngere Leute, ein Kind im Wagen (Urenkel?), und noch ein Ehepaar, das ich kannte, so genannte Russlanddeutsche. Die Frau besorgt bei uns den Treppenhausputz und der Mann arbeitet im Hof, fegt Schnee und Ähnliches. Ich hatte ein kleines Röschen dabei, das mir unterwegs in die Hand geraten war. Es gab auch einen Pfarrer, der die Trauergemeinde begrüßte und den Herrn um allerlei Gefälligkeiten bat. Die Predigt war kurz: Grundlage war der Konfirmationsspruch der Gestorbenen (bzw. Verstorbenen, wie man jetzt sagt): Psalm 23,1: Und wenn ich durch finsteres Tal muss, so fürchte ich doch kein Unglück, denn du bist bei mir. „In ihrer Kindheit und frühen Jugend, ist da nicht ganz Deutschland durch ein Tal der Finsternis gegangen?" so fragte der Pfarrer, aber die Verstorbene habe in der Gewissheit gelebt, dass der Herr bei ihr ist. Sie sei der Mittelpunkt einer glücklichen Familie gewesen bis zum schmerzlichen Tod ihres geliebten Gatten. Nun sei sie, behütet im Kreise ihrer Familie, heimgegangen in das Reich Gottes. Dann sollten wir singen: Befiehl du deine Wege.

Ein junger Mann begleitete uns an einem Orgelpositiv. Als ich mit meiner geschulten Stimme einsetzte, hörte ich, wie mir die beiden alten Damen mit zitternden Tönen folgten. Das erzeugte einen enormen Kloß in meinem Hals und mir schossen die Tränen in die Augen. Erst mit der zweiten Strophe konnte ich wieder einsetzen. Vielleicht haben die anderen gedacht: Da, die Schauspielerin, die kann weinen auf Knopfdruck.

Dann hielt Georg eine Rede, während mir allerlei durch den Kopf ging. Immerhin, einen Gedanken habe ich behalten: Die Mutter habe zwar noch nicht zur Generation der Trümmerfrauen gehört, aber sie habe tatkräftig mitgewirkt, als es darum ging, das im Krieg zerstörte Mehrfamilienhaus, das ja schon ihr Großvater erbaut habe, wieder herzustellen. Das schien mir ein Wink an die Schwestern zu sein. Dabei schaute Georg öfters zu mir. Ich wiederum sah auf das vorne aufgestellte Foto der Frau Ute Huster als etwa 60-jährige, und ich fragte mich, was für ein Bild von mir wohl aufgestellt würde, gegebenenfalls. Meine Sinne verschwammen, ich sah eine schöne Frau, war sie nicht schon tot? Sie war nicht ich. Es berührte mich unbehaglich, meine Mutter, sie hatte ihre eigene Beerdigung gestaltet, aufwendig, ein uraltes Foto lächelte uns an, Hanfried, meine Kinder und mich und noch einige Tucken, die ich entweder nicht kannte oder nicht mochte. Eine kleine Grube, kreisrund, war ausgehoben, wo kamen plötzlich die vielen Leute her? Die ganze Gegend war versammelt, die meisten kannte ich, sie wurden zu Kindern, wir hatten zusammen gespielt, derweil ertönte ein Bläserchor, ach mein armer Papa!

Unerwartet drang Gesang, der mich in die Gegenwart zurückrief, aus einem Lautsprecher: Yesterday. Ich sang im Kopfe mit und rätselte dabei, in welchem Zusammenhang das Lied zu der Trauerfeier stünde, zu mir passte es jedenfalls. Derweil besorgte der Pfarrer die Aussegnung.

Weil ich ein Röschen dabeihatte, trottete ich mit den Anderen hinter der Urne her, so langsam, dass der Rollator gut mithalten konnte, Georg neben mir. Manchmal streifte seine Hand die meine. Nicht das noch, dachte ich, und nicht schon wieder so ein Spund, der vielleicht fünf Jahre jünger ist, als ich.

Die Urne versank in einem schmalen Loch. Rituell korrekt schaufelte ich ein bisschen Sand hinein und warf mein Röschen hinterher. Die Anderen hatten keine Blumen dabei.

Tod-Erde- Blume-Garten-Leben, ach ja, und dann noch die Seele, aber die Luft war trocken, kein Geruch von Blumen, Tannen, Efeu, Moder, und als einer noch ein tiefsinniges „das Leben geht weiter" beisteuerte, verflog jegliche Spiritualität. Ich verpasste den Absprung und trieb mit den anderen in ein Café, entwickelte dort einen ungewohnten Appetit auf Streuselkuchen und trank zwei Tässchen. Die Jüngeren Leute fummelten bereits an ihren Smartphones, um ein Fußballspiel zu verfolgen, immer wieder ermahnt zum Respekt gegen die Oma, und auch sonst breitete sich eine etwas miese Stimmung aus. Endlich schickte ich mich an, zu gehen. Georg sprang sofort auf, schüttelte mir die Hand, etwas länger, als üblich, bedankte sich wortreich für mein Erscheinen und sagte: „Wir sehn uns." Davon ging ich nicht aus.

Ich trabte noch einmal zum Grab und verkrümelte darauf etwas Streuselkuchen, damit ein paar Spatzen zu Besuch kämen. Mein Fahrrad lehnte noch an der Friedhofsmauer, was in Berlin nicht selbstverständlich ist. Auch die Mauer war staubig und trocken. Ich radelte über Kopfsteinpflaster, das mich in der Nachmittagssonne blendete aber kein Flair verbreitete. Niemand saß draußen, niemand bummelte, und neben mir hoppelten die Autos ununterbrochen. Wenigstens beim Radfahren schaute ich nach vorne. So flüchtete ich zu unserem Schrebergarten.

Sechs Wochen später meldete sich ein neuer Eigentümer des Hauses, keine Person, sondern eine Firma. Das Haus hieß jetzt Residenz und unsere Wohnungen Lofts auf der Basis von erheblichen Renovierungen. Als Mieter habe man aber ein Vorkaufsrecht für sein Loft. Der Preis dafür wurde auch genannt: Er überstieg bei weitem meine Möglichkeiten, allein die anvisierten Nebenkosten waren höher als meine derzeitige Miete. Leider hatte ich keine Rolle in einer Daily Soap, sondern nur einen 400 € Job in Babelsberg, und der würde auch im kommenden März auslaufen, denn da wären, so hieß es, noch andere verdiente Filmschaffende, die auf so eine Stelle mehr angewiesen seien, als ich. Letzteres glaubte ich sofort.

Ab und an hatte ich einen Job als Model: Dann war ich eine fesche Seniorin auf einem Treppenlift, wo ich doch meine drei Treppen noch mühelos raufhüpfte, oder ich war eine tanzende Oma, die ihre Arthrose los war dank Pastillen aus Naturkräutern, mit denen schon die Aborigines ihre morschen Gelenke geheilt hätten.

3.

Seit März wohne ich in der Laube. Ich hatte das Gefühl, dass es anstrengend würde, in der alten Wohnung zu bleiben und jede Art von Veränderung zu verweigern. Schon kamen Handwerker und machten früh morgens geräuschvoll allerlei. Der Zweck davon war allerdings noch nicht ersichtlich. Meiner Wohnung gegenüber wohnte bzw. wohnt noch Anna, mit der ich mich etwas angefreundet habe. Anna ist etwas älter als ich. Sie lebt von Klavierstunden, verdient also auch keine goldenen Berge. Manchmal verbringe ich den Abend bei ihr, wir trinken zwei Gläschen, und ich lausche ihrem Spiel. Sie will auf Biegen und Brechen die Stellung halten und keinen Cent mehr an Miete bezahlen. Ich muss dazu sagen, dass hinsichtlich der Einrichtung meine Wohnung nichtssagend ist, ganz im Gegensatz zu Annas Welt. Anna ist schön anzusehen, sehr damenhaft. Sie ist Witwe, so viel ich mitbekommen habe, hat sie eine Tochter, zwei Enkelchen und vielleicht auch noch mehr Nachkommen.

Die ersten Tage in meiner neuen Behausung waren dann doch etwas bedrückend, sie rieselten dahin wie der Regen auf meiner Laube. Geräusche, die sich schüchtern verwoben mit Bildern aus meiner Kindheit, Geplatter auf dem Dach, das Schnarchen meiner Oma, das Plätschern in der Dachrinne und unter mir die ersten Geräusche aus der Schusterwerkstatt: ich war nah am Weinen. Ach, und der Gedanke an die Minirente aus der Künstlerkasse. Als ich davon Adam erzählte, meinte er, ich solle mit ihm mitkommen, wenn ich nichts Besseres zu tun hätte, und so kam es. Adams Firmensitz ist nichts als ein winziges Loch und eine Garage in der Nähe des Westhafens.

Die meisten Werkzeuge und haufenweise Schrauben, Dübel, Winkel, Elektro- und Klempnerkrams kutschiert er ständig in seinem Kastenwagen. Ich wusste nicht einmal, was für ein Gewerbe er angemeldet hat. Es war amüsant, ihn bei seiner Arbeit zu begleiten. Schon das Rumkutschieren in dem Kastenwagen, sitzend in erhöhter Position auf Kunstleder, begleitet von säuerlichem Geruch, gefiel mir. Manchmal holten wir Material, und ich konnte helfen, alle möglichen Platten, Bretter, Röhren und Bleche zu verladen. Dann wieder schrieb ich Rechnungen, kochte massenhaft Kaffee oder besorgte etwas zu essen. Adams Handy ging ständig, meistens auf polnisch. Gab es eine größere Baustelle, stand, wie durch ein Wunder, eine ganze Truppe von Landsleuten bereit.

So war es auch, als es der Zufall wollte, dass wir einen Auftrag bekamen für das Haus, aus dem ich gerade ausgezogen war. Vor der Haustür hatte man eine Grube ausgehoben, man musste also über ein schmales Brett balancieren, um überhaupt in das Haus zu gelangen. Zunächst sollten wir alle Wohnungen entkernen. Als wir hinkamen, stand schon eine ganze Truppe bereit und dazu noch ein Typ, Architekt oder was weiß ich, der einige Erklärungen abgab. Eine Wohnung sei leider noch bewohnt, aber wir sollten dort immer wieder klingeln und an die Tür ballern. Ich schärfte den anderen ein, so etwas ganz bestimmt nicht zu tun. Dann rannte ich rauf zu Anna. Das Treppenhaus hatte seinen typischen Geruch von Kohl, Linoleum und Bohnerwachs verloren, aber das Geländer fühlte sich unverändert vertraut an.

Ich sah, dass Annas Wohnung kaum noch zugänglich war, denn ein Gerüst ohne ersichtlichen Zweck war vor die Eingangstür ihrer Wohnung gestellt worden. Ich holte Adam, erklärte ihm die Situation, worauf er sofort das Dings abbauen und im Keller verstecken ließ. Jetzt war mir auch klar, was die Grube vor dem Haus bedeutete. Die hat unsere Truppe am Abend wieder zugeschaufelt, wobei noch ein bisschen Zement eingestreut wurde.

Erst am nächsten Tag stattete ich einen Besuch ab. „Anna, ich bin's", rief ich, weil sie auf mein Klingeln die Tür nicht öffnete. „Ach Franziska, Gott sei Dank, ich dachte schon, da kommen wieder diese Rüpel. Es war ja so furchtbar letzte Woche, ich wollte

76

schon aufgeben, aber seit heute Morgen ist auf einmal alles wieder gut. Jetzt erzähl doch mal, wie du lebst in der Laube, und warum hast du einen Arbeitsanzug an?" „Ich bin jetzt Arbeiter, nein, im Ernst, ich begleite eine Truppe von polnischen Handwerkern und passe auf, dass sie keine alten Damen stören. Aber die tun es ja gar nicht, wir sind ja erst seit gestern da." „Du hast das schreckliche Gerüst abbauen lassen, stimmt's?" Da hielt ich nur meinen Finger vor die Lippen.

Anna bestand darauf, Tee zu kochen. Da ich mir hinsichtlich der Sauberkeit meiner Klamotten nicht sicher war, setzte ich mich nicht auf einen der beiden Biedermeierstühle oder gar auf den Sessel, sondern ich rückte den Klavierhocker an den runden Tisch.

Dann sprang ich wieder auf und studierte die neuen Fotos, die auf dem Flügel aufgereiht waren: Ihr verstorbener Mann, ein Sohn, eine Tochter, zwei Enkelkinder, und besonders das eine: Anna, etwa 18 Jahre alt bekommt einen Preis, überreicht von Kurt Masur. Derweil kam Anna mit dem Tee. „Ach ja", seufzte sie, hab ich mal wieder rausgekramt, alte Zeiten." „Wie ging es weiter, was ist passiert?" „Vielleicht ein andermal", sagte Anna und nahm aus einer Vitrine zwei zierliche Tassen, eine Zuckerdose und ein Kännchen. Mir war es nie gegeben, so hübsche, edle Sachen mein Eigen zu nennen, umso mehr genoss ich den anheimelnden Augenblick. Als wenn sie meine Gedanken erraten hätte, sagte Anna: „Ich kann doch hier nicht ausziehen. Wo soll ich denn hin mit meinen Sachen, die passen nicht in eine Neubauwohnung, jedenfalls nicht in eine, die ich mir leisten kann. Dabei geht es mir gar nicht so schlecht: Klavierstunden, hier und da ne Mucke und meine Rente, na ja, die kannst du vergessen. „Du hättest auf der Beerdigung von Oma Huster spielen können." „Nein danke, Huster ist sauer auf mich. Er meinte, sein Sohn sei doch soo musikalisch, es läge nur an meinem Unterricht, dass er kein guter Pianist geworden ist. Das ist länger her, aber er ist mir immer noch böse, glaube ich."

Ich entschuldigte mich für einen Moment, um den Anderen

Bescheid zu sagen, wo ich steckte. Als ich zurückkam, hörte ich schon im Treppenhaus flotte Boogie Woogie Klänge, recht deutlich, da ich die Tür nur angelehnt hatte. Anna hatte sich den Klavierhocker wieder ran gerückt und lächelte: „Weißt du, wir hatten im Osten auch eine Jugend", sagte sie nach einer Weile: „Wir spielten nach Gehör, Rock, Pop, Beatles und alles Mögliche. Irgendwo fand man in Leipzig immer eine Kneipe oder eine Bude mit Klavier, so zogen wir mit unserer Klicke mal hier hin, mal da hin und hatten unseren Spaß, na ja, und auch ein loses Mundwerk. Nun war es ja bei uns so, dass jeder der einen Abschluss gemacht hatte, auch einen Job bekam, im Prinzip, die Guten einen anspruchsvollen und die Unbegabten einen blödsinnigen. So einen kriegte ich. Den Grund dafür erfuhr ich durch Einsicht in meine Stasi-Akte. Ende vom Lied: Das Mistvieh bekam zu unserer Verwunderung eine sehr gute Stelle als Korrepetitor mit Entfaltungsmöglichkeiten, und ich landete in einem Kaff in der Uckermark." Dann spielte Anna, oder ballerte einige Takte Trivialmusik, sang dazu bla, bla, bla, hier kommt Anna, verantwortlich für musikalische Ausgestaltung der Jugendweihe.

Für ein richtiges Konzert bekam ich keine Genehmigung, keinen Raum, oder es gab ein anderes Hindernis. Ganz selten habe ich es geschafft. Richtig ankündigen durfte ich meinen Schubert-Abend nicht, und einen Klavierstimmer musste ich selbst besorgen. Es kamen 17 Zuhörer. Einer fiel mir sofort auf: Ein Typ mit kurzen Haaren, einem kräftigen Vollbart und großen Händen. Du siehst ihn da auf dem Foto. Achim war Tischler, arbeitete in einem Kollektiv, wie es bei uns hieß, aber sein Herz gehörte seiner eigenen Werkstatt. Das war natürlich nicht legal, nicht erwünscht und so weiter. Dort war auch mein Refugium nach unserer Hochzeit. Wir sammelten alte Möbel, alten Hausrat, viele schöne Sachen, die keiner haben wollte, und restaurierten alles. Zeit war ja bei uns nicht so ein Problem, jedenfalls bevor unsere Tochter kam. Für den Verkauf hatten wir auch unsere Kanäle, meistens nach Berlin: Künstler, Professoren, gelegentlich Bonzen, möglichst gegen Westgeld. Wir hatten eine gute Zeit: Ich hatte wieder ein eigenes Klavier ergattert, und ein süßes Schwesterchen für meinen Sohn. Wenn doch der Achim nicht erkrankt wäre! Er hat die Wende nur um drei Monate überlebt. Dabei wäre er mit seinem praktischen Verstand bestens mit den neuen Verhältnissen zurechtgekommen.

Trotz dieser Bruchstücke aus ihrer Biographie, die sicher entscheidende Wendungen darstellten, blieb mir Anna doch geheimnisvoll. „Und der Junge?" fragte ich. „Ach ja, der ist mir zugefallen in meiner wilden Zeit, der spielt jetzt am hintersten Pult im Gewandhaus." Wie sie da stand in ihrer schwarzen Samthose, dem flauschige Pullover und den lockigen grauen Haaren hätte ich sie an mein Herz drücken können, aber ich traute mich nicht. Wir schauten uns an und schwiegen, als es läutete. Weil ich damit rechnete, dass meine Polencrew nach mir fragte, öffnete ich, aber in der Tür stand Herr Huster, der sichtbar stutzte, als er mich sah. „Sie wollen zu Frau Lindt", fragte ich, „ach, da kommt sie schon." „Es ist nämlich so", sagte er, „dass ich diese Wohnung gekauft habe." Vielleicht war Anna nicht beeindruckt von dieser Neuigkeit, jedenfalls ließ sie sich nichts anmerken, ich war aber ziemlich erregt und rief: „Wieso denn, Sie hätten doch meine Wohnung kaufen können, warum gerade diese?" „Ich hatte gedacht, dass Sie ihre Wohnung kaufen würden." „Wovon denn, zufällig habe ich kein Haus geerbt", schimpfte ich.

Er druckste noch ein bisschen herum, war verlegen und deutete an, dass er dann mal wieder müsse. In der Tür fragte er noch: „Hier war doch ein Gerüst, wo ist das denn hin?" Dazu konnten wir nichts sagen.

4.

Jetzt, wo ich es erzähle, habe ich fast vergessen, wie mies ich mich am Anfang gefühlt habe, wenn ich die Nacht allein in der Laube verbrachte. Da gab es die Probleme. die entscheidend sind, die ich umso weniger vertiefen möchte. Ich sage nur eines: Nachtgeschirr: Inhalt mit Wasser verdünnen und verschütten, wo es nicht stört. Ökotoilette: Besser nie benutzen. Täglich radelte ich zur Wohnung meiner Tochter, am besten zu Zeiten, wo niemand zuhause war, und machte mich frisch.

Unsere Kolonie hat natürlich auch ein Vereinsheim, bewohnt von einem Oberschrebergärtner namens Heinz Müller, für mich immer Heino, darauf besteht er.

„Hallo Franzi, schon so früh auf den Beinen oder, besser gesagt, auf dem Sattel", rief er, als ich mit meinem Fahrrad eben am an der Vereinslaube vorbeifuhr. Morgens musste ich immer einen Umweg fahren und so tun, als wenn ich gerade erst in die Kolonie reingekommen wäre, damit der Oberschreber nicht merkt, dass ich drinnen übernachte. „Hallo Heino." Ein Tritt auf die Bremse und auf eine Tasse Kaffee rüberkommen ließ sich auch nicht mehr vermeiden. Wir redeten ein bisschen nach der Art: Ganz schön kalt heute- Soll ja wärmer werden- Aber erst zum Wochenende… und kamen dann auf die Wohnungsnot in Berlin zu sprechen. „Ich hätte ja das Recht, während der Saison im Vereinsheim zu wohnen, da kann ich mich glücklich preisen", sagte er. „Aber ich bin der Einzige." Tatsächlich hatte das Vereinsheim Wasser und Strom das ganze Jahr über, wie jede Parzelle, aber auch Anschluss an die Kanalisation, wie sonst keine. „Ach, so ist das", antwortete ich. „Ja, natürlich gibt es da schwarze Schafe, die hier ihren festen Wohnsitz aufgeschlagen haben." Dann erwähnte er einige solide Gebäude, die sich auf dem Gelände befanden. Adams Häuschen war zum Glück nicht dabei und unseres schon gar nicht. Schließlich sagte ich: „Der Kaffee fordert sein Recht." Heino machte es, wie immer: er händigte mir persönlich einen Schlüssel aus für den Waschraum, der sich an der Rückseite des Gebäudes befand. Ich tat auch so, als ginge ich da hin, aber stattdessen krallte ich unbemerkt mein Rad und begab mich eilends zu einem Schlüsseldienst.

Anderthalb Stunden später tauchte ich wieder auf. „Hallo Heino", druckste ich mit schuldbewusster Miene, „ich habe aus Versehen den Schlüssel eingesteckt." Dabei fummelte ich mit Vergnügen in meiner Tasche an dem Schlüssel, den ich mir eben hatte machen lassen.

Adam hatte eine andere Methode, zu jeder Zeit, unbemerkt von Heino, die Kolonie zu betreten oder zu verlassen. Dazu muss ich erwähnen, dass unsere Parzellen direkt an einer kleinen Straße liegen, in der auch sein Kastenwagen parkt, getrennt nur von einem zwei Meter hohen Zaun. In diesen Zaun hat Adam ein kleines Pförtchen gebastelt, sehr ordentlich, aber so klein, dass man krabbeln muss, um durchzukommen. Das machen wir, wenn wir zur Arbeit fahren, sonst mache ich es natürlich nicht, zumal mein Fahrrad da nicht durch passt. Ich erzähle das, weil das Pförtchen noch eine wichtige Rolle spielen wird.

Ich hatte einen schrecklichen Traum, ich war auf der Flucht, verfolgt von einer wilden Horde, ununterbrochen fielen Schüsse, aber ich war unfähig, mich zu verstecken. Dann riss ich die Augen auf. Draußen stürmte es, die Fensterläden klapperten und Hagel prasselte auf mein Dach. Da zog ich die Decke über meinen Kopf und träumte von Sonne, Meer und Strand.

Für halb acht war ich mit Adam verabredet. So rappelte ich mich doch auf, kochte mir einen Kaffee und begab mich zum Vereinsheim. Die Luft war rein, denn wenn Heino da ist, hisst er eine Flagge. Ich machte mich frisch, zog meine Arbeitsklamotten an, da wartete Adam schon, wir krochen durch seine Pforte und bestiegen den Kastenwagen. War das das Leben, das ich mir erträumt hatte? Eher nicht, jedenfalls nicht bei so einem Wetter. „So ein Mist", sagte Adam, als wir am Nachmittag zurückkamen. Die ganze Straße war zu unserer Seite hin mit Halteverbotsschildern bestückt, zwar provisorisch, aber wir fanden erst in einiger Entfernung einen Parkplatz.

Als wir wieder in unsere Parzellen gekrochen waren, bemerkte ich vor meiner Tür eine Katze, die ich nie zuvor gesehen hatte. Wer sich einigermaßen mit Katzen auskennt, weiß, dass sich daran nichts ändern lässt: Wir werden fortan zusammengehören: Soscha, so nannte ich sie, wie ich schon erzählt habe, und ich.

Ich bekam eine kleine Rolle in einem Tatort. Das Drehbuch, soweit es mich betraf, hatte man mir schon per Mail zugeschickt. Ich konnte, was meine Rolle betraf, mit einiger Mühe ungefähr das entnehmen: Ich, also ich in meiner Rolle, gehe auf eine vornehme Villa zu und öffne die Pforte mit einer Steckkarte.

Es ist früh morgens, die Musik verheißt nichts Gutes. Ich öffne die Haustür mit derselben Karte, lege meinen leichten Mantel in der Garderobe ab und bemerke verwundert, dass die Windfangtür offensteht. „Guten Morgen", rufe ich nicht allzu laut und wundere mich, dass keiner reagiert, denn der Chef ist meistens früh auf den Beinen. Ich schaue in die Küche: Keiner da. Dann gehe ich in den Salon. Da liegt er auf dem Teppich, um seinen Kopf ein großer Blutfleck, daneben eine kleine Reiterfigur auf einem Granitsockel. Das Teil ist mir vertraut vom Staubwischen, so kann ich mich gerade noch bremsen, es wieder an seinen Platz zu stellen. Endlich greife ich zu Telefon: „Hallo, Hilfe, kommen sie schnell, ganz furchtbar!"

„Nun mal ganz ruhig, was ist ganz furchtbar?"

„Tot, der Chef ist tot!"

„Ist denn kein Arzt da?"

„Erschlagen!" (Sie weint).

„Nun mal ganz ruhig, Frau… wie war ihr Name?"

„Friedrich, Hilde Friedrich. Ich bin die Haushälterin."

„So, Frau Friedrich, jetzt bleiben sie mal ganz ruhig und sagen uns die Adresse."

Die nächste Szene hat man mir nicht geschickt. Vermutlich sieht man einen Kommissar, neben seiner Freundin schlafend, sein Handy klingelt sechsmal, er nimmt schlaftrunken den Anruf entgegen: „Was ist denn?" „Ich komme." Oder so ähnlich.

Dann bin ich wieder dabei. Die halbe Mannschaft ist schon versammelt: Zwei Streifenpolizisten, einer bewacht den Eingang, der andere steht neben der Leiche, ein Kommissar, eine Kommissarin. „Die Tatwaffe liegt da schon", sagt der Streifenpolizist.

„Langsam. Langsam", giftet die Kommissarin, „wir ermitteln hier. Wo bleibt nur die Spusi?" „Wer hat die Tote entdeckt?" fragt der Kommissar. Der Streifenpolizist weist auf mich. „Sie sind?"

„Hilde Friedrich, die Haushälterin".

„Dann erzählen sie mal."…. und so weiter. Dann kommt mein Bericht. Dazu muss ich ziemlich viel auswendig lernen und mir die Szene veranschaulichen, denn für die Dreharbeiten ist wenig Zeit und umso mehr Vorarbeit eingeplant. Es kommt ein heikler Punkt: wo ich in der Nacht gewesen wäre, und warum ich ein Kleid anhätte, das nicht nach Haushälterin aussähe. Ich musste also rumdrucksen: „Bei Rechtsanwalt Dr. Reuther, aber das muss geheim bleiben, bitte." Danach könnte ich wieder ein bisschen weinen.

„Wo haben sie Dr. Reuther kennengelernt?"

„Bei einem Empfang, hier im Hause."

Es folgt eine Rückblende. Empfang im Garten. Dr. Reuther, Anfang 70, stattlich. Seine Frau ein ziemlicher Drachen und die Hilde ziemlich charmant. Es gab noch einige Auftritte mit Dr. Reuther und Hilde, doch die Kommissare fanden kein Motiv: Wenn Frau Reuther erschlagen wäre, sähe die Sache anders aus. Ich kam nur noch einmal dran: Man hatte im Haus Spuren von Reifen entdeckt, und ich sollte aussagen, ob es da einen Rollstuhlfahrer gäbe. Gab es nicht. So blieb meine Rolle ziemlich unbedeutend, ebenso, wie die Gage.

Ich greife etwas vor und erzähle, wie es bei den Dreharbeiten lief. Nach der vorläufigen Befragung durch die Kommissare sollte ich bitten: „Darf ich jetzt gehen?" Ich erzähle es doch später, aber ihr seht schon, dass das Drehbuch typischer Standard ist, nichts Originelles.

5.

Ich weiß nicht, woran es liegt, dass zu spüren ist, wenn ein schöner Tag anbricht, und das kommt auch im April vor. Ist die Luft weicher? Zwitschern die Vögel lauter? Sind die Schulkinder fröhlicher, oder ist es ganz unpoetisch: Man nimmt unbewusst wahr, dass die Flugzeuge in östlicher Richtung starten.

Ich beschloss, nicht mit Adam zur Arbeit zu fahren, sondern mir einen gemütlichen Tag zu machen. So frühstückte ich ausgiebig und fuhr dann zu meiner Tochter Rita, um meine kleine Rolle, die man mir ja per Mail gesandt hatte, auszudrucken. Dann wollte ich mir einen köstlichen Tag im Schrebergarten gönnen und mich dabei in aller Ruhe in die Blätter vertiefen. Daraus wurde leider nichts, denn von der Straße drang ein ohrenbetäubender Lärm. Soscha war es wohl auch zu laut: Sie hatte sich verkrümelt. Ich fuhr gleich wieder weg in Richtung Goethepark, um mir dort ein geeignetes Plätzchen zu suchen. Es war schön, niemand störte mich, ich konnte reden, meine Rolle richtig spielen, und wenn mich jemand aus der Ferne sah, musste er denken: Die Tante ist irgendwie verrückt. Was macht sie da, sie hat ja nicht einmal einen Hund dabei, wie alle anderen. Am Abend fragte Adam: „Wie war dein Tag?" Ich sagte: „Sehr schön, aber hier konnte ich nicht bleiben. Es war schrecklich laut."

Dann begutachteten wir die Straße. Sie war an unserer Seite schon zur Hälfte aufgerissen, wie man so sagt. Adam meinte, das sei vielleicht gar nicht schlecht. Ich fand die Bemerkung etwas kryptisch, fragte aber nicht nach.

Der Lärm auf der Straße währte noch einige Tage, dann wurde es ruhiger, aber die Arbeiten gingen fort. Am Abend erkläre mir Adam, was da gemacht wurde, nämlich eine Erneuerung des Abwasserkanals. Zu meinem Erstaunen wurde der Graben, den der Bagger erst mühsam ausgehoben hatte, zum Teil wieder mit Sand gefüllt, schöner weißer Sand, sagte Adam, damit die neuen Rohre gut schlafen. Nachts war nur noch eine Pumpe zu hören, die den Graben trocken saugte. Morgens, bevor er zur Arbeit fuhr, unterhielt sich Adam ein wenig mit den Kanalarbeitern, informierte sich über die neueste Techniken, das richtige Gefälle, die besten Steckverbindungen und was es da alles gab.

Derweil fingen schon die Aufnahmen für den Tatort an. Ich spielte also die Anfangsszene, wo ich die Villa betrete, die Leiche entdecke und die Polizei verständige. Das klappte ganz gut, ich hatte ja auch brav gelernt, und nach einem halben Tag hatten wir alles im Kasten. „Sie können gehen, wir melden uns wieder." Ich begab mich in eine Kantine und fand da tatsächlich jemanden, der mich Arm wedelnd an seinen Tisch lockte.

Seinen Namen hatte ich vergessen, ich war mir nicht einmal sicher, ob ich ihn überhaupt kannte, denn er erzählte tolle gemeinsame Schwänke von früher, an denen ich sicher nicht beteiligt war, alles unter starkem Gelächter. Ich lächelte solidarisch mit; das war schlau, denn zwischen zwei Schwänken japste er: „Was darf ich dir bringen?"

Das war vielleicht nicht ganz uneigennützig, denn alsbald wollte er wissen: „Wie isses, hast du was Echtes am Laufen?"

„Na ja, ein bisschen Tatort."

„Echt, ich bin ja eigentlich vom Charakterfach. Aber wenn da für mich noch ne Kleinigkeit drin wär, so nebenrollenmäßig, würde ich im Moment nicht nein sagen."

„Du, ich bin da ja selbst nur ein kleiner Fisch, und nebenbei, der Plot ist absolut Standard, nix für einen Charakterdarsteller."

„Da hast du Recht. Ich möchte mich ohnehin umorientieren in Richtung Komödie mit reiferen Leuten, natürlich auf hohem Niveau. Mensch, das wär auch was für uns beide. Du, ich muss mal gleich meinen Kumpel anrufen. Das ist ein Typ, der Nägel mit Köppen macht." Dabei fummelte er an seinem Handy, das die ganze Zeit neben seinem Teller lag, und wurde tatsächlich verbunden.

„Hallo Andy, hallo, wer da ist? Na ich bin's, Koko," schrie er und zog dabei das zweite Ko mächtig in die Länge: Kokooho. „Was? Du bist gerade unterwegs? Ja, bei mir alles easy", schrie Kokooho, und legte auf. Für das spendierte Essen gab es zum Abschied Küsschen links und rechts, und ich murmelte: „Wir seh'n uns." Wahrscheinlich denkt er immer noch darüber nach, wie ich wohl heiße.

Am Abend zeigte mir Adam die neusten Entwicklungen der Abwasserrohrverlegung: Auf der Straße waren weiße Linien markiert, die von dem Graben zu den Häusern führten, die unserer Kolonie gegenüber lagen. „Dahin kommen die Verbindungen zwischen der Abwasserleitung und den Kontrollschächten der einzelnen Häuser", erklärte Adam. „und an den Stellen wurde in die Hauptleitung ein T-Stück eingesetzt, siehst du da? Daran werden dann die Zuleitungen zu den Häusern angeschlossen." „Das verstehe ich", sagte ich, „aber siehst du das Haus da hinten, das ein ganzes Stück weiter zurück liegt? Da haben die nichts markiert. Die Leute da wollen doch auch mal aufs Klo." „Das ist wirklich merkwürdig", meinte Adam, „lass uns morgen mal schauen, was da los ist."

Am nächsten Morgen hörten wir schon lautes Geschimpfe auf der Baustelle: Zu den Arbeitern war noch ein Typ zugestoßen, offenbar einer, der mehr zu sagen hatte, und das tat er, wobei er mit einem Bauplan fächerte: „He, ihr Wiederkäuer, ihr habt da einen Abzweig vergessen."

„Wat fürn Abzweig? Hast du da n' Abzweig angemalt, oder hast du da keinen Abzweig angemalt?"

„Das glaub ich jetzt nicht. Könnt ihr etwa kein Plan lesen, oder wat?

„Bist du der Kapo, oder sind wir dat? Also, dann zeichne auch den Abzweig an."

„Seid ihr vielleicht meschugge? Dat sieht doch n Blinder mitn Krückstock, dat da nochn Haus ist, Mann, Mann, Mann."

„Wat denn, hinter den ganzen Büschen sieht man garnix?"

„Solche Penner sehn natürlich nix"

„Nu zeichne dat mal an, denn haun wir da morgen noch dat Ding rein an der Stelle. Dat is doch kein Thema Mann."

„OK, aber nächstes Mal passt besser auf."

„Und du passt auf, dass du alles mitbringst: Schablone, T-Stück, Muffen, Kleber, haben wir nämlich nicht da, nur ne Säge."

„Solltet ihr immer dabeihaben, ihr Schlafmützen."

„Selber Wiederkäuer!"

6.

Alles fing an mit Soscha. Soscha benahm sich wie immer, sie war mal zwei Tage weg, tat so, als wenn das selbstverständlich wäre, und breitete sich dann wieder genüsslich bei mir aus, auch selbstverständlich. Überhaupt nicht selbstverständlich war, dass an um ihren Hals ein schmaler Streifen Folie, wie man ihn aus einer Plastiktüte ausschneiden könnte, geknotet war. Auf der Folie stand, mit Kuli geschrieben, nur ein Wort: Hilfe.

Was tun? Ich könnte das Ding abmachen, ignorieren und wegschmeißen. Nein, keinesfalls! Wenn wirklich Hilfe gebraucht wird, bin ich da. Soll ich die Polizei rufen?

Was würde das bringen? Ein Beamter käme, würde nach der Katze fragen, wem die Katze gehöre. Schon darauf wüsste ich keine richtige Antwort. Dann würde ein Protokoll erstellt, wenn überhaupt, und das war's.

Schließlich machte ich es genauso, wie der Urheber des Hilfeschreis: Ich schnitt aus einer Plastiktüte einen schmalen Streifen, schrieb darauf „ich komme", und knotete den Streifen um Soschas Hals. Leider bequemte sich Soscha nicht, die Post zuzustellen, jedenfalls nicht am ersten Tag. Das hatte ich ja schon am Anfang meiner Erzählung erwähnt. Schade, denn im Prinzip war ich von dieser abhörsicheren Art der Kommunikation begeistert.

Na gut, dann erzähl ich, wie es mit den Wiederkäuern (bzw. Kanalarbeitern) weiter ging: Am nächsten Morgen hatte der Kapo wirklich einen Strich auf die Straße gemalt für den Verlauf der zusätzlichen Abzweigung. Dann wurde an der Stelle eine Schablone an der Hauptleitung befestigt, die es erlaubte, ein Stück davon heraus zu sägen, so dass ein T-Stück genau in die Lücke passte. Jetzt dachte ich, wie soll das gehen? Es ging ganz einfach: Von unten wurden zwei breite, halbe Muffen auf die beiden Nähte gesetzt und von oben mit der jeweils anderen Hälfte verschraubt. Etwas

Kleister kam zuvor noch auf die Nähte, der von innen geglättet wurde. Wenn ihr mich fragt: Das war wirklich kein Thema. Interessant war aber das: Einige Tage später entdeckte ich in Adams Kastenwagen ein T-Stück, eine Schablone und zwei Muffen.

Bald danach schütteten die Wiederkäuer, oder ihre Kollegen, die neue Abwasserleitung mit schönem Sand wieder zu, bevor die Zuleitungen zu den anliegenden Häusern erstellt waren, offenbar, damit eine Seite der Straße befahrbar blieb.

Was am folgenden Samstag an der Seite zu unserer Kolonie geschah, sollte ich lieber nicht so genau verraten, aber erstaunlich war schon, mit welcher Gelassenheit Adam zusammen mit zwei Kollegen ein rot-weißes Absperrband aufstellte, den Sand etwas wegräumte, um für uns ein T-Stück einzusetzen, schon mal den Bordstein und einige Platten des Gehsteigs hochnahm und mit dem Graben einer Rinne zu unseren beiden Lauben begann. Zum Schluss füllten die Drei auch ihre kleine Baustelle mit weichem Sand auf und setzten Platten und Bordstein wieder ein. In dem Sträßchen ist zwar nur wenig Betrieb, aber trotz meiner Befürchtung konnte kein Passant und auch kein Autofahrer an der Aktion irgendetwas Merkwürdiges entdecken. Eine Woche später war dann schon ein Rohr bis zu unseren Parzellen verlegt. Es wurde auch Zeit, denn alsbald kamen welche mit ihrer Teerküche und klebten unsere Hälfte der Straße wieder zu. In dem Bewusstsein, was da Schönes abgedeckt wurde, habe ich den Geruch von heißem Teer richtig genossen.

Während die Wiederkäuer die Straße an der anderen Seite entlang der Kreidestriche, die der Kapo da eingezeichnet hatte, aufrissen, schufteten wir nach Feierabend an der Verlegung unseres Abwasserrohrs bis zu unseren Hütten inklusive Kontrollschacht. Das war schwierig in zweierlei Hinsicht: Erstens konnten wir schlecht einen Minibagger einsetzen, zweitens sind die Bewohner der Kolonie ziemlich neugierig, besonders Heino, der Oberschreber. Wir murmelten immer etwas wie: alles verwildert, muss mal

Grund rein oder so ähnlich. Verwildert war es ja insofern als im Boden massig Wurzeln steckten. Meine Hände waren auch ziemlich verwildert.

Der Tatort war fertig. Meine Gage ging drauf für Rohre, Toilette, Spüle, und natürlich den Lohn für Adam und seine Kumpel. Meine Mittel reichten vorerst nicht für mehr. Wie gesagt, die Gage, na ja.

Zur Erinnerung: Ich, also die Haushälterin Hilde, hatte ihren erschlagenen Chef frühmorgens in seiner Villa gefunden. Hilde gestand, ein Verhältnis mit Dr. Reuther, einem Freund des Chefs, zu haben. Dr. Reuther wurde von einem meiner alten Freunde gespielt. Er heißt Hermann Telemann und nennt sich Tel Ermando. Das klingt gut, hat ihn aber karrieremäßig nicht viel weitergebracht. Beim Dreh wurde ich dann gefragt: Wie lange geht das schon? Und ich antwortete. Das hat nie angefangen. He, das betraf nun das echte Leben. Ja, das gab es, auch bei guten Freunden. Alle brachen in herzliches Gelächter aus, und die Szene musste wiederholt werden. Wir waren alle schon ziemlich albern; die nächste Einstellung ging bis zum Ende des Verhörs. „Kann ich jetzt gehen?" stand im Drehbuch, aber wie blöd ist das denn; ich war doch da zuhause, gewissermaßen, also sagte ich: „Ihr könnt jetzt gehen, oder wollt ihr etwa noch einen Kaffee?" Da wurde der Regisseur schon etwas nervös, andererseits jammerte er immer: „Zeit ist Geld. Zeit ist Geld." Also: Klappe zu und durch.

Den größten Klops leistete sich Teddy Pfautsch, Gerichtsmediziner vom Dienst in der Serie. Angeregt durch die heitere Stimmung bei dem Dreh antwortete er auf die Frage: Todeszeitpunkt: „Ein Uhr, Ungenaues nach der Obduktion." Darauf rastete der Regisseur total aus: Glaubt ihr vielleicht, Ihr könnt mir auf der Nase rumtanzen, was bildet ihr euch ein, usw....aber der Kommissar lachte am lautesten. Er fand das cool, und weil der Chefermittler der Wichtigste in der Produktion ist, blieb es dabei; der Regisseur blieb die beleidigte Leberwurst. Seine Lebensgefährtin spielte die

Ex des Ermordeten, und die war denn auch die Mörderin. Ich fand sie nicht nett, nicht deswegen, aber die Darstellerin der mürrischen Gattin des Dr. Reuther machte ihre Sache richtig gut. Sie ist Laienschauspielerin an einer Amateurbühne in Charlottenburg. Nach dem Dreh traf ich die Lisa, so heißt sie, zusammen mit Tel in der S-Bahn. Na also, gehen wir noch eins trinken.

Am Westkreuz stiegen wir aus und fanden bald eine Kneipe: Zwei Stufen hoch, Schwingtür, ein scheußlicher dicker Vorhang und schon empfing uns ein Dampf aus abgestandener Luft und dem Geruch von Bier, angereichert durch vereinzelte grölende Stimmen. Vielleicht war es das, was wir brauchten. Wir bestellten jeder ein Helles. „Ob die Herrschaften noch etwas essen wollten?" Eigentlich nicht oder doch? Lisa bestellte Gulaschsuppe und ich schloss mich an. Für Tel wirklich keine Suppe wegen Parkinson. Dafür spendierte ich einen Kurzen für alle, soll ja helfen bei Tatterich, ich fand das allerdings noch nicht schlimm bei ihm. Lisa war gut gelaunt und wollte uns bewegen, in ihrem Amateurtheater mitzumachen. Ich sagte: „Im Prinzip gern, aber ich hab Schulden, ich brauch wirklich etwas, wo Knete bei rumkommt." Das war ein Argument, dem sich auch Tel anschloss.

Wieder an der Luft umarmte ich Tel kräftig ohne ihn auf den Rücken zu klopfen, Lisa zaghafter, „also bis demnächst vielleicht", und wir entfernten uns in drei verschiedene Richtungen.

In meinem Kabuff roch es nach Baustelle, Gips, Zement und Farbe, also nicht schlecht. Ich kuschelte mich in mein Bett, träumte von jungen Männern und schlief alsbald.

Am Morgen, als meine Espressokanne schon auf dem Spirituskocher röchelte, klopfte Adam an. Nein, Kaffee hätte er schon genug, aber Problem mit Boiler: „Boiler zieht 15 Ampere, aber Leitung schafft nur 10, dann Sicherung raus. Batsch." Das war ja klar, auch mein Wasserkocher hatte schon mal die Sicherung rausgehauen, wenn noch was anderes an war. Deswegen kochte ich ja mit Spiritus. „Gibt Lösung, sagte Adam, Gastherme, Gas aus

Flaschen, das ist billigste Energie und wir können noch Heizkörper einbaun für Winter, allerdings Anschaffung teurer." Das gefiel mir, irgendwie würde ich schon das Geld auftreiben, ohne meine Reserven anzubrechen. Adam wollte außerdem schauen, was es bei Ebay gibt.

Unser Tatort lief. Es gab Kritik, was den Plot betraf, nur Standard, alles vorhersehbar, aber es gab auch Lob: Der Anfang wäre vielversprechend mit seinen schrägen Dialogen. Der Regisseur sagte im Interview, er hätte da versucht, etwas ganz Neues einzubringen.

Von mir war nicht die Rede.

7.

Endlich, Soscha war weg, mitsamt der Botschaft. Ich hockte vor meiner Hütte, ließ mich von der Junisonne berieseln, sah aber auch kalten und stürmischen Tagen gelassen entgegen, denn ich hatte inzwischen ein vorzügliches Heim: Schlafzimmer, Bad und Wohnküche, ich hätte es warm, wenn der Winter kommt, ich wäre umhüllt, wie in einem dicken Mantel, ach ja, ich war allein und hatte Schulden, ich war nicht allein mit Kindern, Enkeln, Freunden, die Schulden waren lächerlich (wenn man die anderen fragt).

Ich bekam wieder einen Auftrag: Ein Studio namens Wanda Bakaschira meldete sich, ob ich bereit sei für ein Fotoshooting: ein brisantes Thema: Liebe, aber nicht einfach nur Liebe, sondern das oder die unter dem Aspekt von Reife. Ich sagte zu, was blieb mir anderes übrig. Mitbringen sollte ich ein T-Shirt, großzügig, sie wissen schon, und noch ein schönes Kleid, aber geeignete Kostümierung sei auch seitens des Studios möglich. Dasselbe war im Wedding in einem Hinterhof, außen und innen frisch gestrichen, immerhin.

Ein junger Mann in karierter Jacke mit glatt rasiertem Schädel öffnete mir, und dann tauchte auch schon eine stark geschminkte etwa 50-jährige Frau auf: „Wanda", so stellte sie sich vor, „ich bin die Art- Direktrice, und das ist Ben, unser Aufnahmeleiter." Dabei wies sie auf den jungen Mann, der mir eben geöffnet hatte. Ok, dann sagte ich also: „Franziska". „Unser Textdesigner hat leider einen wichtigen Termin, aber Sie dürfen sich schon mal mit der Materie vertraut machen", sagte Frau Wanda, hielt mir zwei Zettel hin, und verschwand unter Hinterlassung einer fetten Wolke aus Parfum. Es ging um Pastillen namens Amuram. Ein Mann in den besten, aber nicht den allerbesten Jahren hätte immer das höchste Vergnügen an der schönsten Sache der Welt gehabt, aber leider sei ihm, wie der Mehrheit in seinem Alter, das Stehvermögen abhandengekommen, doch jetzt habe er Amuram entdeckt, ein wahrer Knaller, dieses Mittel. Er fühle sich wieder wie mit 30. Auch Millionen anderer Männer seien begeistert von Amuram. Die gute Botschaft: Es ist rein pflanzlich, es sind keine Nebenwirkungen bekannt und es ist rezeptfrei. Wenden sie sich an ihren Apotheker oder reichen sie ihm einfach den beiliegenden Coupon.

Eigentlich müsste es ja heißen Apotheker*in, aber vielleicht ist das auch reine Männersache. Indessen schwebte die Art-Direktrice wieder ein und erklärte mir, dass zwei Bilder zu machen seien, im ersten trüge ich mein knappes T-Shirt, neben mir mein Partner mit verzweifeltem Blick, auf dem zweiten trüge ich ein schönes Kleid, mein Partner hätte seinen Arm um mich gelegt und sähe glücklich aus (nämlich nach der Einnahme von Amuram). Herr Koklowski, mein Partner, müsste jeden Moment kommen. Zum Glück wurden meine eigenen Klamotten akzeptiert.

Ich hätte es ahnen können: Herr Koklowski war kein anderer als Koko, ihr erinnert euch: Kokooho. Ich rief: „Hallo Koko, so schnell geht es; heut spielen wir die Komödie mit reifen Menschen auf hohem Niveau." Nein, das sagte ich nicht, ich wollte ihn nicht kränken. Koko flüsterte mir, während ich ihm zweimal auf den Rücken klopfte, ins Ohr: „Da müssen wir durch." So sah ich das auch.

Der Aufnahmeleiter machte viel Wind, schob seine Beleuchtung hin und her, ebenso wie einige Tafeln, bemalte und unbemalte, und machte jede Menge Fotos. Leider verursachen die vielen Fotos keine Kosten, aber sie stahlen unsere Zeit, denn Koko und ich waren professionell genug, um immer die erforderlichen Visagen zu präsentieren. Endlich wurden wir entlassen. Koko schlug vor, in ein richtig gutes Restaurant zu gehen, aber ich blieb auf meiner Sparflamme und beschloss, noch ein paar Reste auf meinem Spirituskocher aufzuheizen. So könnte ich meine Schulden schon etwas reduzieren, allerdings kam die versprochene Gage erst nach mehreren Wochen und etlichen Nachfragen. Da war unser Werk schon in einer Zeitungsbeilage erschienen, und ich konnte nur hoffen, dass niemand mich erkannt hat.

Da endlich! Soscha war wieder aufgetaucht, ich schaute gleich hin und sah die neue Botschaft: Ein Straßenname samt Nummer, und dann stand da noch: unten. Mehr Information war auf dem Streifen auch kaum unterzubringen.

Wie zu erwarten, war es ganz in der Nähe: Von einer größeren Straße, die auf unsere Kolonie zu lief, die zweite Querstraße rechts. Hui, das war aber hübsch da! Die Häuser waren nicht sehr hoch, höchstens vier Stock, es gab noch Vorgärten, hier und da auch freistehende, wenn auch kleine Häuschen. Schätzungsweise war das ganze Ensemble aus den zwanziger Jahren. Holger, mein Schwiegersohn, also Ritas Mann, ist Architekt. Er wäre bestimmt begeistert und könnte mir Genaueres sagen. Auch die angegebene Hausnummer passte zu so einer kleinen Villa. Ich erinnerte mich an solche Straßen von früher, aber irgendetwas war doch wieder anders: fremd, unheimlich…Ich träumte vor mich hin, ließ längst vergangene Bilder vorüberziehen und dann schwante es mir: Es waren keine Kinder auf der Straße, kein Hinkerpott, kein Völkerball, keine Rollschuhe, kein Geräuschpegel, lustig wie das Vogelgezwitscher bei Sonnenaufgang. Was tun? Klar ist, gerade als Einzelne kannst du nicht allzu viel rumschnüffeln, ohne Verdacht zu erregen. Eine Information gewann ich aber sogleich: Soscha war auch da, offensichtlich begeistert, dass ich ihrer Zweitwohnung einen Besuch abstattete, sie lief mir voraus auf das Grundstück und verschwand an der Rückseite des Hauses.

Ich konnte Ihr da natürlich nicht folgen: Zum Beispiel schlüpfte sie durch ein Gatter. Gut, das war nicht sehr hoch, ließ sich überwinden, aber es war Tag, also schwer durchführbar. Ich beschloss, in der Nacht wiederzukommen, konnte aber schon einige Informationen mitnehmen: Unten war klar. Der Hilferufer wohnte unten, im Souterrain. Zur Straße hin waren nur Kellerfenster aber weiter hinten seitlich ließ sich ein vergittertes Zimmerfenster erahnen. Vermutlich gab es hinten raus einen Ausgang, auch vergittert. Ich hatte doch zu sehr auf das Haus geschaut, denn jetzt kam ein Mann, um die 60 sage ich mal, jedenfalls war sein Gesichtsausdruck misstrauisch bis wichtigtuerisch, schräg über die Straße geschlichen und fragte:

„Suchen Sie was?"

„Ja, meine Katze", sagte ich geistesgegenwärtig.

„So, so, das ist ihre, dann ist die wohl wieder bei dem Verrückten."

„Welchem Verrückten?"

„Da war schon Polizei und Nervenarzt. Wenn Sie mich fragen. Der gehört in die Klapse."

„Ich frag sie aber nicht."

Das war jetzt blöd einerseits, denn ich wollte nicht, dass irgendwer sich mein Gesicht merkt. Der Mann gnötterte noch etwas, das sich nicht anhörte, wie: Einen schönen Tag noch.

Ich entfernte mich entschlossen, kehrte aber nach einer Weile um und konnte mich nicht bremsen, wieder nah an dem Haus, das mich interessierte, vorbei zu gehen.

Vor der Eingangspforte blieb ich kurz stehen, um die Klingelschilder zu lesen. Es gab derer zwei, aber nur das obere war beschriftet: Dr. J. Eilers. Außerdem war da noch eine Tafel aus Keramik mit der Aufschrift: Anja, Karl und Marco. Vermutlich hießen die drei auch Eilers aber nicht Dr.

Jetzt hieß es: rasch weitergehen. Meinem Vorsatz, möglichst niemandem mein Gesicht zu zeigen, blieb ich dann doch nicht treu, denn kurz darauf begegnete mir eine ältere Dame, die eine gewisse Offenheit ausstrahlte, sodass ich nicht scheute, sie anzusprechen:

„Entschuldigung, ich möchte Sie nicht erschrecken. Ich möchte zu einem Dr. Eilers, der muss hier irgendwo wohnen, vielleicht können Sie mir weiterhelfen."

„Ja, natürlich, sehen Sie, er wohnt gleich da vorne, das Haus mit der grünen Pforte. Sie waren wohl noch nie da?"

„Nein, ich kenne ihn gar nicht, aber ich soll ihm schöne Grüße ausrichten von einem Freund, dessen Bekanntschaft ich neulich in der Eisenbahn gemacht habe."

„Dann sollten Sie ihn aufsuchen, das würde ihn bestimmt freuen. Hören Sie: Ich glaube, er ist sehr allein und kommt nie mehr aus dem Haus, dieser nette Mann. Einige behaupten sogar, er sei nervenkrank, aber das glaube ich nicht. Vor einem Monat wollte ich ihn besuchen, aber seine Schwiegertochter ließ mich nicht rein. Sie war genauso höflich wie entschieden, bescheinigte ihm auch ernsthafte psychische Leiden. Alles was er brauche, der liebe Vater, sagte sie, sei absolute Ruhe. Wenn Sie vorgelassen werden, richten Sie ihm bitte liebe Grüße aus von Lilly, das bin nämlich ich."

„Das werde ich tun, Frau Lilly", sagte ich und bedankte mich überschwänglich, leider müsste ich noch Besorgungen machen, aber bis Morgen würde ich auf jeden Fall versuchen, ihn zu treffen. Da musste ich nicht lügen: genau das hatte ich vor.

Derweil kam noch ein Rollator des Weges, der von einem sehr neugierigen älteren Herrn geschoben wurde, was Lilly veranlasste, mit hastigen Stöckelschritten weiter zu gehen, wobei sie mir noch zuraunte: „Ein altes Klatschmaul, der." Ich machte mich auch schnell davon, weil ich nicht angeglotzt werden wollte.

8.

Am Abend waren Wolken aufgezogen, und es stürmte, das wertete ich als einen Wink des Schicksals, nicht länger zu zögern. Ich zog mir olle Jeans an, die ich sonst bei der Gartenarbeit trage, dazu meine Sportschuhe und verließ die Laubenkolonie gegen 11 durch Adams Pforte, die kleine, kaum sichtbare Pforte im Zaun, die von unseren Parzellen auf die Straße führt. Zum Glück war beim Haus von Dr. Eilers keine Straßenlaterne, aber es gab eine schräg gegenüber. Kein erleuchtetes Fenster war zu sehen, ich erprobte die Eingangspforte, sie war natürlich verschlossen, also nahm ich allen meinen Mut zusammen und kletterte darüber; schon leuchteten Bewegungsmelder auf, an den Ecken des Hauses und am Eingang. Es gab kein zurück: Ich beeilte mich, an die Hinterseite zu kommen und drückte mich zunächst an die seitliche Wand. Mein Herz bullerte mächtig, ich hatte keine Idee was ich sagen sollte, wenn man mich stellen würde. Vielleicht: „Ich hab eine totale Macke und habe gehört, dass hier ein Gleichgesinnter wohnt. Den wollte ich besuchen".

Derweil war das Licht wieder erloschen, es war nur das Rauschen der Blätter im Wind zu vernehmen. Neben mir befand sich das vergitterte Fenster, das ich schon von der Straße aus gesehen hatte, dahinter eine zugezogene Gardine; wenn da ein Licht brannte, dann nur ein sehr schwaches. Endlich wagte ich, an die Rückseite des Hauses zu pirschen. Als erstes bemerkte ich weiter hinten eine erhöhte Terrasse, aber es führten auch einige Stufen herab zu einer breiten, großzügig verglasten ebenfalls vergitterten Tür. War dahinter der Schimmer einer traulichen Lampe? Sollte ich hinabsteigen, wie in eine Falle? Jetzt bist du schon so weit, jetzt zieh das durch, dachte ich, stieg die wenigen Stufen hinab und spähte durchs Fenster:

Er saß auf einem kleinen Sessel, hatte neben sich eine Stehlampe, las und hörte dabei leise Klaviermusik, ohne mich zu bemerken. Da nahm ich ein kleines Steinchen und klopfte damit gegen die Scheibe, ein schönes helles kleck, kleck machte es. Er schaute auf, und als er mich wahrnahm, winkte ich ihn heran. Später habe ich ihn gefragt, ob er gar nicht überrascht oder erschrocken war, denn er benahm sich, als wenn er mich erwartet hätte, kam und öffnete die Tür, das Gitter blieb aber zu. Ich war etwas verlegen und sagte:

„Sehr schöne Musik, ich weiß nicht, die wievielte Sonate es ist. Es ist eine von den leichteren, aber mich hat sie trotzdem überfordert."

„Da haben wir schon eine Gemeinsamkeit."

„Hören Sie, ich habe eine Freundin, die eine sehr gute Pianistin ist. Die werden wir besuchen. Sie spielt, und dabei trinken wir ein Gläschen."

„Eine wunderbare Idee", sagte er, „wenn ich hier rauskäme."

„Übrigens, ich heiße Franziska."

„Ich heiße Eilers, Joachim Eilers."

„Ja Herr Doktor, den Nachnamen habe ich schon am Klingelschild gesehen."

„Ich bitte Sie: einfach Joachim oder Joschi, so hat mich mein bester Freund immer genannt."

„Ok, nenn mich Franzi."

Dabei langte ich durch das Gitter, griff nach seinen Händen und sah ihm in die Augen. Seine Hände fühlten sich gut an, nicht zudringlich und nicht schlaff, er blickte durch kleine Äuglein unter buschigen Brauen, wie ein scheues Tier. Als er meine Hände losließ, um seine Lesebrille abzunehmen, ging ein leichtes Lächeln über sein Gesicht. Man sagt, wenn man einen fremden Menschen trifft, entscheidet der Eindruck der ersten Sekunden darüber, wie man ihn einschätzt, ob man sich angezogen oder abgestoßen fühlt, und oft braucht es Zeit, um diesen Eindruck zu revidieren, wenn es überhaupt geschieht. Ich muss gestehen, dass es bei mir so ist, aber in dem Moment spürte ich keinerlei Vorurteil. Vielleicht lag es daran, dass zwischen uns ein verschlossenes Gitter war, „Entschuldigen Sie mein Outfit", sagte er, „ich habe heute nicht mit Damenbesuch gerechnet". „Das sehe ich, Ihr Bart und Ihre Haare sehen ziemlich wüst aus."

Es war keine Zeit, Komplimente auszutauschen, lieber wollte ich ihn noch etwas ausquetschen. „Übrigens, schöne Grüße von Lilly soll ich ausrichten. Ich traf sie heute Nachmittag, als ich die Gegend ausgekundschaftet habe. Sie will Sie gern besuchen, wird aber nicht vorgelassen." „Ach, die liebe Lilly, sie wohnte schon hier, als wir noch Kinder waren, älter als ich, manchmal hat sie auf uns aufgepasst, meinen Bruder und mich. Jetzt darf sie nicht einmal rein. Das sieht denen ähnlich."

Plötzlich fühlte ich etwas an meinem Bein.

„Ach, Soscha! Da ist ja unser guter Briefträger", flüsterte ich.

„Soscha? Sie heißt doch Hanka."

„Nein Soscha,"

„Nein Hanka."

In dem Moment öffnete sich über uns ein Fenster. Ich schaffte es gerade noch, mich in die Büsche zu werfen.

„Was ist denn da los"? rief eine Frauenstimme.

„Ich rede mit der Katze", hörte ich Joschi rufen.

Jetzt mach mal Ruhe, klang es von oben, und dann noch: Scheißkatze.

Was immer da los war: Eine Feindin hatte ich schon und vielleicht auch einen Freund.

Ich schlich mich wieder an die Tür und flüsterte: „Gute Nacht, Joschi, übermorgen 23 Uhr."

Auf dem Rückzug schreckten mich die Bewegungsmelder nicht mehr.

Ich trat an die Pforte, und als ich niemanden auf der Straße sah, schwang ich mich rüber.

Mein Geburtstag ist am 21. Juni, genau zum Sommeranfang, feiern wollte ich am 22, einem Sonnabend. Ich hatte also noch ein paar Tage Zeit für die Vorbereitungen. Allzu viel konnte ich eh nicht machen, denn ich besaß (noch) keinen Backofen, und mein Kühlschrank war viel zu klein. Ich hoffe da auf etwas Unterstützung durch meine Töchter. Also begleitete ich wieder Adam auf seiner Tour. Wenn das so weiter geht, werde ich noch eine Expertin für Trockenbau, jedenfalls bin ich ganz nützlich beim Verladen und Tragen von Gipsplatten, ebenso beim Festhalten und Dranschrauben derselben, die Säcke voll Kleber und Putz sind mir allerdings zu schwer. Wir statteten auch Anna einen Besuch ab. Das Haus hatte wieder seinen Besitzer gewechselt, Anna war nach wie vor die einzige Bewohnerin, meine ehemalige Wohnung war teilweise entkernt, aber man konnte zur Not noch darin hausen: Wir stapften darin umher, lauschten dem Widerhall unserer Schritte in den kahlen Räumen und drehten an den Wasserhähnen. Dann tranken wir Tee bei Anna, aber Adam konnte man damit nicht wirklich erfreuen, und so blies er auch alsbald zum Aufbruch. Am Abend tranken Adam und ich noch ein Bierchen, und dann fiel ich todmüde ins Bett.

Am nächsten Morgen weckte mich ein fröhliches Vogelgezwitscher. Es gab vielerlei zu tun: Einkäufe machen, Rasen mähen, Staubsaugen, Unkraut jäten im obligatorischen Nutzgarten (der ist Vorschrift: In jeder Parzelle siehst du ein Eckchen mit mehr oder weniger dürftigem Salat, Radieschen, Rhabarber, Tomaten unter einem Gestell aus Latten und Folie, und Ähnliches). Weil ich nicht wusste, wo ich anfangen sollte, und weil meine Gedanken immer um den Gefangenen Dr. Joschi schweiften, tat ich erst einmal nichts, außer dass ich mir einen zweiten Cappuccino kochte. Bis zum Abend hatte ich dann doch ein wenig geschafft. Die Luft war wunderbar mild, und es wollte einfach nicht dunkel werden.

Für meine Tour suchte ich mir schwarze Klamotten raus, sogar ein schwarzes Tuch, was einigermaßen als Kopftuch durchging und versuchte, möglichst unbemerkt, den Joschi in seinem Verließ zu erreichen. Das gelang nicht ganz, denn kurz vor seinem Haus kam mir ein Mann entgegen, der etwas verwundert zu mir hinsah: Meine Kleidung passte halt nicht zu nächtlichem Alleingang. Ich ging geradeaus weiter, bis ich das Geräusch einer Autotür hörte, den anspringenden Motor und das Rollen des Wagens in entgegengesetzter Richtung. Dann musste ich wieder ein kleines Stück zurück, ich zögerte nicht lange und klopfte kurz danach an Joschis Scheibe.

Er war sehr nervös, drückte mir schnell ein dickes Couvert in die Hand und flüsterte: „Die anderen sind ausgegangen und können jeden Moment zurückkommen. Dann gehen sie meistens noch einmal rund um das Haus." Die Warnung kam fast zu spät, denn ich hörte, wie ein Auto ankam, ein alter Mercedes Diesel - das typische Geräusch war mir noch vertraut aus meiner Zeit als Taxifahrerin- quietschend hob sich ein Garagentor an der anderen Seite des Hauses, weitere typische Ankunftsgeräusche und Gesprächsfetzen flatterten heran, während ich mich in der äußersten Ecke des Gartens hinter einem, wenn auch spärlichem Gebüsch auf den Boden quetschte. Joschi hatte seine Tür geschlossen und das Licht gelöscht, damit seine Angehörigen sich nicht länger im Garten aufhielten, dummerweise ließen die sich aber einfallen, noch für ein Weilchen auf ihrer Terrasse zu sitzen.

Was mich betraf muss ich sagen, es gab angenehmere Möglichkeiten, die laue Sommernacht zu genießen, aber Soscha, die nach einer Weile angeschlichen kam und leise schnurrte, fand das gut, wie wir da zusammen auf der nackten Erde lagen.

9.

Ich wachte auf, weil ich niesen musste. Irgendwann war in dem Haus Ruhe eingekehrt, aber nicht bevor ich schon ziemlich durchgekühlt war. Darum hatte ich in der Nacht noch heiß geduscht (Adam sei ewig Dank) und war in tiefen Schlaf versunken. Ich räkelte mich auf und heizte einen Cappuccino an, erstens gegen Erkältung, zweitens, weil ich es ohnehin jeden Morgen tue, aber sonst decke ich mir auch einen netten Frühstückstisch. Dafür war ich zu ungeduldig, denn vor mir lag Joschis Brief, ein dickes Couvert, dem ich mehrere handgeschriebene Blätter entnahm. Als erstes bemerkte ich die sehr feine leserliche Schrift. He, Franziska, hast du schon wieder deine Lesebrille verbummelt? Ach, da ist sie ja:

Liebe Franziska,

wie froh bin ich, dass wir uns kennengelernt haben. Wie sagt man heute? „Gute Arbeit, Hanka (oder Soscha)". Wie gut, dass Sie es sind, die mit mir die Katze teilt. Meine Situation muss Ihnen sehr merkwürdig vorkommen, und das ist sie auch. Um sie zu verstehen, lesen sie bitte die beiliegenden Notizen.

In diesem Haus, in dessen Souterrain ich wohne, wenn man es so nennen kann, bin ich aufgewachsen. Mein Großvater hat es 1925 nach eigenen Plänen bauen lassen. Ebenso wie diesem Hause ist meine Familie der Firma Siemens seit drei Generationen verbunden. Mein Großvater hat dort als Elektrolehrling angefangen und ist mit Fleiß, Ausdauer und technischem Geschick zum Werkstattleiter aufgestiegen. Mein Vater durfte dann schon studieren. Als frisch gebackenem Elektroingenieur und frisch Verlobter ereilte ihn das Schicksal seiner Generation: Der Krieg war ausgebrochen, er musste an die Front, mal im Osten, mal im Westen und wieder in den Osten. 1949 wurde er aus russischer Gefangenschaft entlassen. Für ihn war es selbstverständlich, bei Siemens anzufangen.

Ein Jahr später wurde ich geboren und zwei Jahre danach mein Bruder. Um die Zeit wurde das Haus von den Alliierten freigegeben. Meine Großeltern konnten also wieder einziehen, und angesichts der damaligen Bewirtschaftung und hohen Belegung von Wohnraum war es ein Glück, dass meine Eltern mit uns Kindern auch dort unterkamen, ebenso wie eine jüngere Schwester meines Vaters, die Tante Lisa. Mein Bruder und ich verbrachten hier eine sehr glückliche Kindheit. Tante Lisa zog alsbald aus, weil sie einen Kanadier kennengelernt hatte und heiratete. Meine Großeltern lebten noch lange in diesem Haus, zuletzt ganz friedlich hier unten. Mein Opa war ein prima Kamerad: Er betreute mit uns die elektrische Eisenbahn, zeigte uns, wie man selbst ein Radio zusammenlöten kann, wusste, wie man die besten Drachen baut, und zusammen mit ihm wagten wir uns sogar an die Konstruktion von Segelfliegern. Als er starb, studierte ich schon an der T.U., wenn ich nicht auf einer Demo war, aber auf die Dauer wurde ich ziemlich zielstrebig. Ich blieb bis zur Promotion in Berlin (wenn auch nicht in diesem Haus) und fing natürlich bei Siemens an, nicht hier, sondern in Erlangen, wo ich Spezialist für Turbinenbau wurde. Mein Vater hat das leider nicht mehr miterlebt: Er starb sehr früh an den Folgen der Gefangenschaft, meine Mutter lebte bis zu ihrem plötzlichen Tod 1988 in diesem Haus, oben allein, unten hausten Studenten.

Wir haben das Haus schätzen lassen, dann habe ich meinen Bruder zur Hälfte ausbezahlt und den ganzen Anteil übernommen. Der Handel war uns beiden recht: Mein Bruder, der als Studienrat in Detmold arbeitete, konnte sich einen komfortablen Neubau leisten, und ich befriedigte meine nostalgischen Gefühle. Wer ahnte damals, welchen Fisch ich an Land gezogen hatte!

Andererseits hatte ich weniger Glück. Meine liebe Frau war zwei Jahre zuvor bei einem Autounfall ums Leben gekommen. Ich blieb allein mit einem sechsjährigen, völlig verschüchterten Jungen neben meinem anstrengenden und verantwortungsvollen

Beruf. Wohl hatte ich mich später hier und da verliebt, aber jede Beziehung scheiterte an dem heftigen Widerstand meines Sohnes, dem ich seine Traumatisierung natürlich nicht nachtragen möchte. Er ist nicht besonders stark; sein Abitur schaffte er mit Ach und Krach, ein Ingenieurstudium kam für ihn nicht in Frage, aber es gibt ja alle möglichen Studiengänge an den Fachhochschulen, von denen er einen abschließen konnte, und daraufhin bekam er tatsächlich eine, wenn auch unbedeutende Stelle hier in Berlin. Als unser Haus frei von Mietern wurde, zog er hier ein. Indessen machte mein Bruder ziemlichen Ärger: Er jammerte mir immer wieder vor, dass ich das Haus viel zu billig erworben hätte, er hätte für später auch gern eine Bleibe in Berlin, usw., aber wer konnte 1988 wissen, wie sich Berlin entwickeln würde. Jedenfalls tut es mir sehr weh, dass der Kontakt zu ihm und seiner Familie fast abgebrochen ist.

Kennen Sie es auch? Sie kehren nach vielen Jahren zur Stätte Ihrer Kindheit oder Jugend zurück und hoffen, alles so vorzufinden, wie es einst war, mit allen Sentiments bis hin zu den Gerüchen der Gärten, dem Rascheln der Blätter und dem Gesang der Vögel, aber es stellt sich kein Gefühl von Heimat ein. So ging es mir, als ich nach meiner Pensionierung wieder in dieses Haus zog. Um diese Zeit lernte mein Sohn, er heißt übrigens Karl, seine Frau Anja kennen. Anja war Sekretärin in derselben Abteilung wie Karl, alleinerziehend mit einem sechsjährigen Sohn Marco. Die beiden heirateten alsbald, mit ihrer an den Tag gelegten Energie schafften sie es aber nicht, eine eigene Wohnung zu finden, kurz gesagt, sie standen bei mir vor der Tür, gingen rein und nicht wieder raus.

Zuerst konnte ich unserer Wirtschaft durchaus etwas abgewinnen: Anja arbeitete halbtags, brachte morgens ihren Sohn zum Kindergarten, holte ihn mittags wieder ab, ich besorgte den Einkauf und zum Abend kochte ich für alle zusammen. Ich tat es gerne, und ich glaube, dass ich mir in meinem langen Dasein als Witwer eine gewisse Geschicklichkeit darin angeeignet habe. Anja war äußerst höflich und zurückhaltend, widmete sich die meiste Zeit über ihrem Sohn, auf den sie nichts kommen ließ, oder sorgte für Blumengestecke und dekorative Tischdeckung. Da tat sich allerdings ein gewisser Kontrast zum Benehmen ihres Sohnes auf, der zu jeder Mahlzeit sagte: Das mag ich nicht, mutwillig kleckerte, Gläser umschmiss und Ähnliches.

Gut, lieber hätte ich einen richtigen Enkel, vielleicht sogar einen, der das Zeug zum Ingenieur hat, aber immerhin fühlte ich mich nicht einsam. Ich unternahm einige Versuche, mich mit Marco anzufreunden, ihm vorzulesen, mit ihm zu malen und zu basteln und ihm die vielen Geheimnisse unserer nahen und fernen Umgebung zu erklären, aber ich stieß da auf wenig Gegenliebe, vielmehr sagte er immer öfter: Du sollst hier abhauen, du wohnst hier nicht, du bist zu alt und weitere Freundlichkeiten. Einmal sagte ich: Wenn hier jemand wohnt, dann bin ich das, ich bin der Chef und ihr seid hier zu Gast. Da war grad Anja dabei. Ich hätte nun erwartet, dass sie ihren Sohn zurechtweist, stattdessen verwandelte sich ihre Visage in einen beleidigten Vorwurf, den sie über Stunden beibehielt. Dann verkroch sie sich in ihrem Schlafzimmer. Am nächsten Tag machte mir mein Sohn Vorwürfe: Ich hätte seine Frau und ihn mit Rausschmiss bedroht, ich hätte kein Verständnis, ich könne nicht mit Kindern umgehen usw.… Das war der Anfang einer sich kontinuierlich steigernden Animosität. Hatten wir allerdings Besuch, was anfangs noch gelegentlich der Fall war, sei es von alten Kommilitonen von mir oder von Kollegen meines Sohnes, so war Anja höflich und zurückhaltend, beinahe charmant, bis die Besucher das Haus verließen. Alles ließ sich noch ertragen, bis Marco mit elektronischem Spielkram überschüttet wurde. Davon konnte er nie genug kriegen, immer mehr, immer lauteres Zeug. Marco kam in die Schule, eine Gelegenheit, ihn grundlegend neu zu bewaffnen. Unser Heim verwandelte sich in einen schrecklichen Kriegsschauplatz. Auf einem Mammutbildschirm und zwei Tabletts knatterte und ballerte es ununterbrochen, dirigiert von

Markos Joysticks und unterstützt von seinen Spielzeugpistolen. So ging es vom Mittag bis zum Abend. Ich durfte mich natürlich nicht beschweren, auch dann nicht, wenn Marco beim gemeinsamen Abendbrot seine Pistolen mit lautem ba ba ba bam auf mich richtete. Ich musste mich zurückhalten, denn auf jede Rüge meinerseits folgte ein unendliches Beleidigtsein, zum Teil auch seitens meines Sohnes. An einem Sonntag Mittag hatte ich aufwendig gekocht, und der Tisch war feierlich gedeckt, denn mein Sohn Karl hatte Geburtstag.

Alles fing gut an: Ich öffnete eine Flasche Rotwein und begann einzuschenken, um danach eine kleine Rede zu halten, aber Marco fing sofort wieder an: Das mag ich nicht, der soll weg, und als ich um einen kleinen Moment Ruhe bat, nur einen kleinen Moment, ging plötzlich das Schlachtgetümmel los. Marco hatte natürlich seine Kampfausstattung griffbereit, wie immer, und schon hagelten die Schüsse auf der großen Mattscheibe und aus seinen Plastikpistolen. Da griff auch ich ein: Ich packte die halbvolle Rotweinflasche und feuerte sie mitten auf die große Mattscheibe. Das gab nun echt einen schönen Knall und einen noch schöneren Blitz. Danach war Stille, alle Lichter aus, denn die Sicherung war rausgeflogen. Dann schrie Marko laut, Anja heulte leise und Karl sah mich vorwurfsvoll an. Ich selber saß bewegungslos auf meinem Stuhl und glotzte in die Gegend.

Da schellte es. Wieso standen zwei Polizisten in der Tür? Karl oder Anja mussten sie gerufen haben, und sogleich hörte ich Anja mit säuselnder Stimme auf die beiden einreden. Der liebe Großvater habe leider einen schrecklichen Anfall gehabt, er habe aus heiterem Himmel in der Wohnung randaliert, ihr Junge habe sich vor Angst verkrochen.

Das hörte sich nun nicht so an: Marco brüllte laut und übermütig und verlangte nach neuer Bewaffnung, sofort! Die Schutzleute waren etwas verlegen, fragten, ob einer verletzt wäre, dann empfahlen sie noch, einen Arzt zu rufen, machten sich ein paar Notizen und schlichen sich davon. Ich erwachte aus meiner Apathie, räumte ein paar Scherben weg und drückte die Sicherung wieder rein.

Vielleicht hatte ich mich doch zu sehr aufgeregt: Ich war gerade aufgestanden, um mich in mein Arbeitszimmer zu verziehen, da wurde mir schwarz vor Augen und ich sackte auf den Boden. Ich hatte das schon einmal erlebt, als ein millionenschweres von mir entwickeltes Projekt bei Siemens zu kippen drohte.

Also doch ein Arzt. Es kam sogar ein Krankenwagen. Mein Sohn stieg vorn mit ein, ich landete in einem Bett, und alsbald kam ein diensthabender Arzt, der mir eine Beruhigungsspritze verpasste, halbwegs gegen meinen Willen, aber mein Wille äußerte sich nur schwach. Am nächsten Morgen lernte ich das Pflegepersonal kennen, es wirkte arrogant, bevormundend, was mich erstaunte, dann stellte ich fest, dass die Tür zu meinem Zimmer verschlossen war. Ein Arzt kam und verschaffte mir die Gewissheit, dass ich in der Psychiatrie gelandet war, denn einer von uns beiden musste bekloppt sein, ich schätze mal er. Was auch immer ich ihm über mein Leben und meine derzeitige Situation erzählte, er fuhr nur auf Stichworte ab und erkannte ganz klar, dass ich unter einer schweren Psychose litt, hervorgerufen durch kindliche Erlebnisse, ins besondere durch die Tyrannei meines Großvaters. Ich musste mich sehr zusammenreißen, um meine Entlassung aus der Anstalt nicht zu gefährden.

Wieder zuhause kündigte ich den gemeinsamen Hausstand auf, befreite die Souterrainwohnung von allem überflüssigen Krempel, zog dort ein mit allem, was mir lieb und teuer war, und versorgte mich selbst.

Von da an begann ein Kleinkrieg zwischen mir und den Anderen. Von oben war wieder lautes Geballer und Gestampfe zu hören. Ich rückte den Autoschlüssel nicht raus, denn es war ja mein alter Mercedes, der in der Garage stand. Natürlich weigerte ich mich, auf den Jungen aufzupassen, wenn die Eltern mal ausgehen wollten. Dagegen bestand ich auf Mietzahlung oder wenigstens auf Beteiligung an den Nebenkosten, aber ohne Erfolg. Dafür drehte ich den Oberbewohnern alle Heizungen und Sicherungen aus, wenn sie nicht da waren. Die wiederum nahmen meine Wäsche nass aus der Maschine und knüllten sie irgendwo hin.

Der Kleinkrieg endete mit einem entscheidenden Schlag meiner Gegner, der vielleicht etwas mit meinem gesunden Schlaf zu tun hat oder dem Rotwein, den ich mir gönnte, wenn ich abends noch las oder Musik hörte, jedenfalls war eines Morgens meine Tür zum Haus hin verschlossen und der Schlüssel zu dem Gitter vor meiner Außentür war auch weg. In meiner Verwirrung durchwühlte ich alle Taschen und stellte fest, dass auch mein Autoschlüssel verschwunden war, ebenso mein Handy und meine Brieftasche mit Ausweis, Führerschein Zulassung und Bankkarte. Letzteres war besonders schlecht, denn einmal, als ich mit Grippe darnieder lag, hatte ich meinem Sohn die Geheimzahl verraten, damit er für mich Medikamente holen konnte, ja, ich bin wohl allzu vertrauensselig.

Bis zum Mittag, als ich von oben Geräusche hörte, blieb ich ruhig, aber dann fing ich an, nach draußen um Hilfe zu rufen, aber es war wohl nicht weit zu hören und meine Stimme wurde schwächer. Einzig Marco tauchte auf und verspottete mich. Da nahm ich einen Kochtopf und schlug ihn pausenlos gegen das Eisengitter vor meiner Tür. Das war schon effektiver, denn irgendwo rief einer: Ruhe da! Unerhört das!

Ich gab keine Ruhe, irgendetwas musste passieren. Es passierte: Anja tauchte in Begleitung der beiden Polizisten, die ich schon kannte, an der Außentür auf. Alle redeten beruhigend auf mich ein, ohne das Gitter zu öffnen. Anja besonders wies mit besorgter Stimme auf meine schwere Psychose hin, aber man wolle doch den lieben Vater nicht in ein Heim geben, sondern in der Nähe haben.

Sie versorgten mich mit Essen: Kaffee, Brot, Butter, Käse, Fertiggerichte, Obst. Sie schoben es von außen durch die geöffnete Tür, während das Gitter geschlossen blieb.

Ich blieb ein paar Tage ruhig und überdachte meine Lage. Was konnte ich tun? Ich hatte kein Geld, keine Papiere, kein Handy und mein Laptop hatte keinen Empfang. Doch! Ich hatte noch einen Reisepass, den ich beim Umzug ins Untergeschoss mitgenommen hatte. Schließlich unternahm ich einen kühnen Versuch: Ich legte mich flach auf den Boden und stellte mich tot! Mein Plan war, auf dem Weg zum Krankenhaus oder von da zu fliehen. Sanitäter kamen mit einer Trage und schnürten mich obenherum zu. Das war schon mal schlecht. Zu meinem Entsetzen landete ich wieder in der Psychiatrie bei demselben Idioten von Oberarzt. „Herr Eilers, Herr Eilers, was machen sie für Sachen!" polterte er, während ich versuchte, von meiner Gefangenschaft zu berichten. Als ich merkte, dass er nicht hören wollte, simulierte ich einen Tiefschlaf. Derweil hörte ich, wie er vor eine Gruppe von Studenten dozierte: „Eine typische Zwangsneurose, er glaubt, dass er eingesperrt wäre, häufig bei Altersdemenz, hat wahrscheinlich als Kind unter ständigem Hausarrest gelitten…"

Am nächsten Tag sollte ich von 30 an in Dreierschritten rückwärts zählen. Ich weigerte mich und sagte: „Ich habe auch eine Aufgabe für Sie: Berechnen Sie die Stammfunktion von ln(x). Ein Student lachte und wurde zurechtgewiesen. Ich bekam eine Spritze (zwangsweise) und hörte noch mit halbem Ohr, wie derselbe Student die Angemessenheit der Maßnahme anzweifelte, als Letztes vernahm ich ein Donnerwetter: Was bilden sie sich ein, wollen sie mich vielleicht belehren? Dann war ich wirklich weg und wachte erst in meiner Kellerwohnung wieder auf. Es dauerte drei Tage, bis ich wieder bei wachem Verstand war, ein intelligenter Primat in einem Käfig. Ich wurde versorgt, immerhin, kochte und wusch mein Geschirr ab, um Haltung zu bewahren. Den Müll und Schmutzwäsche schob ich durch das Gitter nach draußen. Unter dem Müll war eine Alubox mit Resten von einem Ragout, das ich nicht mochte, aber es kam eine Katze, die es mochte. Ach, meine liebe Hanka, ok. ich schließe mich an und nenne sie Soscha, ist ja auch ein sehr schöner Name. Wir wurden sehr schnell Freunde, wenn sie auch nur alle zwei, drei Tage kam. Da fasste ich einen neuen Plan zu meiner Rettung, genauso kühn wie ungewiss, und den haben Sie ja kennengelernt.

Liebe Franziska,

wie schön wäre es, wenn Sie mich wieder besuchten. Vielleicht fällt uns etwas ein, wie meine Befreiung gelingen könnte.

Ihr Joschi

10.

Uff, was für eine Geschichte! Ich machte mir erst einmal mein Frühstück und vertiefte mich noch einmal in die Blätter. War so etwas möglich? War Joschi vielleicht verrückt und bildete sich nur ein, dass er eingesperrt wäre? Litt er an Verfolgungswahn? Sein Bericht war allerdings ziemlich klar und ließ keine Spur von Verrücktheit erkennen. Andererseits, warum soll ein hochgebildeter Mensch, der an Wahnvorstellungen leidet, nicht ausgezeichnete Berichte schreiben können, die aber leider nicht der Wahrheit entsprechen. Natürlich beschloss ich, Joschi weitere nächtliche Besuche abzustatten und ihn womöglich zu befreien, ich wusste aber nicht, wie. Bis übermorgen, hatte ich gesagt, da fiel mir ein, dass ich meinen nächsten Besuch auf meinen Geburtstag verlegt hatte. Gut, feiern wollte ich erst am kommenden Samstag. Da meldete sich mein Handy, Lucy.

„Ja Lucy."

„Hallo Mama, möchtest Du nicht morgen zum Kaffee kommen? Ich weiß, am Samstag sind wir alle zusammen bei Dir, aber dass Du an Deinem Geburtstag ganz allein bist, leuchtet mir nicht ein."

„Ach Lucy, vielen Dank, ich habe noch so viel zu besorgen."

„Ich helfe Dir am Samstagvormittag. Die Party beginnt doch frühestens um drei."

„Na gut", sagte ich, „wenn es sich nicht zu lange hinzieht, ich will morgen nicht so spät ins Bett." Oder noch einen wichtigen Besuch abstatten, dachte ich.

Adam musste derweil auf meine Begleitung verzichten. „Vorbereitungen für Sonnabend", murmelte ich. Das sah er ein.

Wie schnell ist nichts getan, sagte meine Mama immer, recht hatte sie, es war schon Mittag, und ich verspürte plötzlich Appetit auf Sushi, schwang mich auf mein Rad und machte mich auf zur nächsten Bar. Wie schön, da war noch ein Hocker frei am Laufband. So mag ich es am liebsten: Eine nette Asiatin bringt mir ein Bier, vielleicht auch eine süß saure Suppe, derweil ich schon die verschiedenen Tellerchen in Augenschein nehme. Ich dachte an Joschi. Es müsste ihm doch gefallen, irgendwo hinzugehen, wie es ihm gefällt, selbst wenn er meine Begleitung erdulden und für uns beide zahlen müsste.

Als Adam nachhause kam, wurde ich endlich aktiv. Wir schleppten seinen Gartentisch und einige Stühle zu uns rüber. Die Kolonie hatte sich am Nachmittag deutlich belebt, so konnten wir einen weiteren Tisch und einige Stühle von freundlichen Nachbarn ausleihen und zu uns rüber schleppen. „Jetzt brauchen wir ein Bier", meinte Adam. Das traf für ihn natürlich zu, denn er war schon frühmorgens zur Arbeit gefahren; ich schloss mich an, ohne überarbeitet zu sein. „Hast du von dem Juwelenraub gehört?" fragte ich. „Ist ja ein dolles Ding!"

„Ja, unglaublich!"

„Ich meine, da sind doch Gitter aus Eisen, wie kommen die so schnell da durch"? fragte ich.

„Akku-Flex! Ratsch durch. Scheibe einschlagen, Diamanten in den Sack, und nix wie weg!"

„Da sind doch Leute. Und so eine Akku-Flex macht bestimmt Krach."

„Leute haben Angst, rufen Polizei, aber wenn Polizei kommt, sind Räuber schon weg."

Mir war klar, dass der Einsatz einer Akku-Flex keine Option für Joschi und mich war. Daher machte ich einen neuen Vorstoß: „Stell dir vor, einer ist eingesperrt, hinter Gittern, wörtlich, wie im Wildwestfilm, ein kleiner Raum, an einer Seite ein Gitter, kein Fenster, einmal am Tag kommt der Sheriff, schaut, dass der Gefangene noch da ist, redet mit ihm, bedroht ihn oder sonst was- der Sheriff ist natürlich korrupt- und einmal am Tag kommt der

Hilfssheriff, der was zu essen bringt. Der Gefangene hat, wie jeder, einen Freund, der ihn da rausholen will. Der darf den Gefangenen auch einmal am Tag besuchen. Was kann der machen?"

„Ich weiß nicht, hier sind Gefängnisse ganz anders", sagte Adam.

„Ja hier, aber im Film ist es doch spannend."

„Ja, eine kleine Eisensäge muss der Freund rein schmuggeln. Ist nicht so einfach, erst Griff abmachen, dann Kuchen backen, Säge ist mittendrin, Teig rundherum. Griff kommt beim nächsten Mal, versteckst du im Blumenstrauß."

„He Adam, das klingt gut, aber das geht nicht an einem Tag, und dann kann der Sheriff sehen, dass das Gitter angesägt ist, oder der Hilfssheriff sieht es."

„Hm."

„Hm."

„Ich hab eine Idee, aber wen willst du aus'm Gefängnis holen?"

„Ach, nur so", sagte ich.

„Schwarze Farbe auf die Ritze schmieren, dann ist Ritze nicht zu sehen, aber frische Farbe. Noch besser: Schwarze Schuhcreme."

„Super Idee", bemerkte ich, „Adam, du bist ein Schatz!"

Der verblüffte Adam wusste nicht, wofür er ein Küsschen auf die Wange kriegte, darum murmelte ich etwas von einer kleinen Rolle in einem Filmprojekt, wo ein Gefangener befreit wird. Als Schauspieler könnte man hier und da eine Idee einbringen, die aber selten genug realisiert würde. „Sag mir Bescheid, wenn das klappt." „Ganz bestimmt, Adam, das erfährst du ganz bestimmt."

Freitag, einen Tag später, Mittsommernacht. Unaufhaltsam dreht sich die Erde um ihre Achse und umkreist dabei die Sonne, 65 mal seit meiner Geburt (Besserwisser bemerken, dass da Erdenjahre und Sternenjahre zu unterscheiden sind), und ich hatte keine Zeit für Melancholie, denn es lag noch eine Aufgabe vor mir. Wie oft wird es noch geschehen in meinem Leben? Wer möchte unsterblich sein und erleben, wie die Sonne verglüht, die Erde hineinstürzt in den Feuerball, und sei es nur als Geist, ohne Gefühl von Wärme, Kälte, Wind, Regen, mildem Sonnenschein, ohne Berge Bäche, Wiesen, Strand und Meer, ohne Atmosphäre, also ohne Musik. Ewigkeit oder Milliarden von Jahren, ist doch einerlei, oder nur Millionen, nur Tausend. Wird die Menschheit noch existieren, wird die Musik, die wir heute mögen, noch gespielt werden? 85 Jahre kann ich mir vorstellen, dann sind meine Enkelchen uralt, oder 30, dann bin ich es, eher noch 20, aber bitte nicht viel weniger, ich habe ja noch etwas vor.

Adam klopfte ans Fenster, in der Hand hielt er einen Strauß von Lilien, schimmernd in einem blau, wie es nur die Lilien zustande bringen. Ach Adam, wo hast du die hergezaubert. Während ich die Blumen versorgte, öffnete er eine Piccolo Flasche, (zwei hatte ich besorgt, von der anderen reden wir später) und füllte zwei Gläser. Ich dachte: Warum gibt es das Zeugs immer im Diminutiv: Sektchen, Piccolöchen, Gläschen, Schlückchen und dann noch der Höhepunkt: Prösterchen! Immer geht mir viel Zeugs durch den Kopf, indessen sagte Adam nur „He." Das fand ich gut, dem schloss ich mich an, inklusive einem dezenten Rülpser zum Abschluss.

Mein Handy meldete sich öfters: Ach, ihr Lieben, was gibt es da zu gratulieren? Altern tue ich von selbst, je weniger ich mich anstrenge, desto schneller.

Ich drehte eine Runde, um schnell noch kleine Mitbringsel für meine Enkel Peter und Hanno zu besorgen, da sah ich zufällig einen Münzfernsprecher. Nanu, sind die Dinger noch nicht ausgestorben? Plötzlich hatte ich große Lust, ein wenig Unsinn zu machen:

Zwar hatte ich nur ein einfaches Handy mit Prepaid Karte, aber ich fürchtete, dass man auch das rückverfolgen kann, wenn die Polizei ins Spiel kommt. Andererseits, geeignete Münzen hatte ich kaum, aber die Festnetznummer von Dr. Eilers fand ich in dem ausgelegten stark zerfledderten Telefonbuch. Es juckte mich in den Fingern und schon hatte ich die Wählscheibe gedreht. Mein Herz bullerte, aber das erwies sich als unnötig:

„Hallo", kam es von der anderen Seite.

„Ja, hier ist die Telekom", sagte ich, „darf ich Herrn Dr. Eilers sprechen?"

„Der ist nicht da!" Aufgelegt. Das muss Marco gewesen sein, der unerträgliche.

Ich kaufte farbige Stifte für Peter und Hanno, das sind Lucies Jungs, also zwei von meinen fünf Enkeln, und ließ mir geeignetes Wechselgeld herausgeben. Jetzt bediente ich mich noch einmal des Münzfernsprechers:

„Guten Tag, darf ich ihnen im Namen der Firma Erekta eine gute Botschaft ausrichten? Sie wurden unter Tausenden ausgelost, an der Endrunde des Eheglückspiels teilzunehmen, aber zuvor dürfen Sie mir ein paar Fragen beantworten zum Thema Eheglück."

„Ja, aber, ja, was denn für Fragen?" stammelte eine weibliche Stimme. Das musste Anja sein.

„Sie werden sehen, ganz einfache Fragen, und schon sind sie mittendrin im Eheglück- Gewinnspiel. Also: Sie sind eine glückliche Ehefrau, darf ich mal annehmen?"

„Ja."

„Sehen sie, da treffen sie schon voll in die Gewinnchancen. Sie haben einen Mann, der sich glücklich preisen kann, und Kinder?"

„Einen Sohn."

„Wie alt?" „Bald acht." „Ein wundervolles Alter, allerliebst diese kleinen Racker, ich weiß, wovon ich rede", heuchelte ich, „darf ich fragen, wer noch zum Haushalt gehört? Ach, der Schwiegervater? Der ist sicher ein wundervoller Opa für den Jungen. Wie? Der Opa ist krank? Das tut mir aber leid, was fehlt ihm denn? Dement? O, aber das hat ja nun mit dem Eheglück im engeren Sinne nichts zu tun, Frau, wie war doch ihr Name? Frau Anja, noch ein paar wichtige Fragen, und dann locken auch schon die Gewinne. Ganz kurz, ihr Mann und sie benutzen ein gemeinsames Schlafzimmer, davon gehe ich mal aus, und nun verraten Sie mir noch: Ihr Mann und Sie vollziehen das Eheglück a) im Mittel einmal pro Woche, b) eher öfter, c) eher seltener?"

Hallo?"

„Das ist ja, also, was sind das für Fragen plötzlich?" stammelte Anja.

„Sie sind verlegen, Frau Anja, das kenne ich, aber Sie haben gewonnen. Unser neues Präparat Erekta ist die Lösung ihrer Probleme. Und, nebenbei, ihrem dementen Schwiegervater können wir auch helfen mit unserem neuen Cleverin, rein pflanzlich", wollte ich grad noch hinterherschicken, aber da waren plötzlich Schüsse zu hören. Frau Anja legte abrupt auf, und ich fühlte mich richtig gut.

11.

Lucy bewohnt mit ihrer Familie ein schnuckeliges Häuschen an einer ruhigen Straße in Reinickendorf, und jetzt sage ich Häuschen und nicht Haus, denn es ist winzig und steckt in einer Reihe gleichartiger Gebäude, die sich aber durch Kriegseinwirkung und Umbautätigkeiten etwas auseinanderentwickelt haben. Links geht es drei Stufen hoch in den Eingang, rechts steil runter zu einer Garage, in die früher einmal ein Mercedes 170 passte; jetzt beherbergt sie nur noch Fahrräder und etwas Krempel. Darüber liegt das Wohnzimmer hinter einem hübschen Erker. Holger, der Architekt, also Ritas Mann, hatte bei der Renovierung ausgeholfen und großen Wert darauf gelegt, den Stil des Hauses zu bewahren, jedenfalls äußerlich. Innen ist es so, dass Lucy, ihr Mann Bruno und die beiden Kinder Peter und Hanno es voll ausfüllen. Da wäre kein Platz für mich, will ich denn gehasst werden, statt geliebt?

Etwas anderes ist es bei Rita. Sie wohnt in einem Altbau in Charlottenburg . Im Erdgeschoss und im ersten Stock befindet sich das Architekturbüro von Holger und seinen Partnern, die zwei Wohnungen darüber sind vermietet, und im 4. Stock und im Dachgeschoss wohnen Rita, Holger und die drei Kinder Lisa, Tobi und Emma. Da habe auch ich mein Stübchen und sogar einen Computer, ich glaube, das gesamte Anwesen mitsamt allem Digitalzeugs gehört dem Architekturbüro. Bruno, der Finanzwirt, weiß wohl, wie man das am profitabelsten deichselt. Einen Garten gibt es da nicht, nur einen Hof mit Garagen und Parkplätzen. Deswegen hatte Rita den Schrebergarten gepachtet, meinen Unterschlupf.

Ich stieg also die drei Stufen hinauf, klingelte und wurde gleich von Peter in die große Küche gezogen, die sich im Zuge der Renovierung auf den ganzen hinteren Teil des Erdgeschosses ausgebreitet hatte. Eigentlich bin ich keine Kuchen- und Kaffeetante, aber der Geruch ist anheimelnd. Lucy flitzte geschäftig hin und her und schob mich gleich auf die Terrasse, ich ließ mich auf einen Stuhl plumpsen, genoss den Anblick des Minigärtchens, der im letzten Sommer noch durch ein Trampolin zugestellt war, und fand, dass es mir eigentlich ziemlich gut ging.

Ich blieb länger bei Lucy, als ich wollte. Natürlich ist es verführerisch, bei den eigenen Kindern zu verweilen, aber ich blieb bewusst zurückhaltend, auch faul, ich trug kein Geschirr raus oder rein, beschränkte mich nur auf das Weiterreichen der Zuckerdose oder so ähnlich. Lucy ist eine gestandene Frau mit Mann und Kindern, sie hat eigenen Rituale entwickelt, eigene Anschauungen, Vorlieben, und in das Dickicht ihres Seelenlebens kann und möchte ich nicht eindringen. Umso schöner ist es, einfach nur ihre Umgebung zu erleben mit dem Gedanken: Seht, das ist aus meiner Lucy geworden. Was war sie für ein drolliges Baby, geboren schon, als ich gerade erst von Hanfried geschieden war. Ach, und was hatte die Boulevardpresse zu bieten? Schöne Bilder mit Untertiteln: Mutterglück für Franziska, Franziska und Lucy, ihrem süßen Baby, daneben Robert, der Vater, der neue Mann an ihrer Seite, und ach, die große Liebe oder so ähnlich. Irgendwo tief in einem Schrank liegen vielleicht noch vergilbte Blätter, die ich ausgeschnitten hatte.

Wir hatten beide eine kleine Rolle in einer harmlosen Schnulze. Robert war neu im Geschäft, Typ Student oder Lausbub, locker, langhaarig bei etwas kantigen Gesichtszügen, die wiederum von Entschlossenheit zeugten und von der Leichtigkeit etwas zurücknahmen. Ich muss gestehen, dass er mir keineswegs missfiel.

Es standen ein paar Drehtage in Italien an, nämlich am Gardasee. Robert lud mich ein, in seiner Karre-so sagte er-mitzufahren, so könnten wir Spesen einsparen und hätten dabei noch viel Spaß. Er besaß einen alten Peugeot Kombi, in dem er Teile seines Hausrats kutschierte.

Als wir losfuhren, war die Karre tatsächlich leergeräumt, wenigstens einigermaßen. Peter, mein kleiner Junge, blieb bei Hanfried, das war öfters so und problemlos: Vater und Sohn verstanden und verstehen sich prima, bis heute.

Wir kamen spät los, hatten einige Staus, auf dem Brenner wurde es schon dunkel und uns quälte ein ziemlicher Hunger. So fuhren wir irgendwo ab in die Berge hinein. In einem winzigen Dorf fanden wir tatsächlich eine Art Gasthaus. Was wir gegessen haben weiß ich nichtmehr, aber wir tranken jede Menge, das erinnere ich gut, wankten Arm in Arm und singend zum Auto (zur Karre), das wir etwas weiter weg am Rand einer Wiese geparkt hatten. Rückblickend würde ich sagen: Das hatte Robert alles genau eingeplant. Während ich murmelte: „In dem Zustand können wir aber nicht weiterfahren", hatte er schon die Heckklappe geöffnet, die Rücksitze umgeklappt und zwei Isomatten ausgebreitet.

Die rosenfingerige Morgenröte beschien die Gipfel im Westen, die Vögel zwitscherten im Verein mit den Kuhglocken, irgendwo rauschte ein Bächlein, die Luft war frisch und roch ein wenig nach Stall. Ich hatte mich hochgerappelt, in eine Decke gehüllt und auf eine Bank gesetzt. Ach Lucy, war das schön!

Bruno kam heim und hatte Appetit auf Rotwein, Lucy servierte ein riesiges Stück Käse, was mir nach dem Kuchen auch zusagte. Wir schnippelten hier, wir schnippelten da ein kleines Eckchen ab, je kleiner desto häufiger. Ebenso ging es mit dem Wein: Immer weniger ins Glas, nur noch einen Bodendecker, aber das ziemlich oft. Als fast kein Käse mehr übrig war und sich sichtbar mehr als eine leere Flasche gebildet hatte, schwang ich mich auf mein Rad und kurvte bei leicht eingeschränkter Fahrtüchtigkeit Richtung Gartenlaube. Das war schon mal eine gute Geburtstagsfeier, aber sie war noch nicht zu Ende.

Auf den Weg zu Joschi mache ich mich zu Fuß. Es war schon deutlich nach elf, so hatte sich auch die hellste Nacht des Jahres herabgelassen, einen grauen Schleier auszubreiten. Müde und doch beschwingt, den Kopf verhüllt in der Kapuze eines schwarzen Sweatshirts, bald gemessen schreitend, bald rennend erreichte ich Joschis Haus. Leider war gerade ein Auto an der gegenüberliegenden Seite dabei, einzuparken, so dass ich meinen Weg fortsetzen musste. So kam es, dass ich mich erst sehr spät bemerkbar machte. „Ich hab dich schon sehnsüchtig erwartet", seufzte Joschi.

„O, höre ich da eine leichte Ironie?"

„Nein, wie könnte ich."

„Hast du wohl zwei Gläser, zur Not auch nur eins, vielleicht einen Zahnputzbecher", fragte ich.

„Gibt es denn was zu feiern?"

Er hatte tatsächlich zwei Gläser. Ich zog meine Piccolo Flasche hervor, füllte ein jedes und dann tranken wir einen Schluck. Endlich kam ich damit raus: „Ich habe nämlich Geburtstag." Eh er etwas sagen konnte, drückte ich meinen Kopf seitlich ans Gitter und flüsterte: „Das Geburtstagskind hat Anspruch auf ein Küsschen links und rechts." Er gehorchte, wenn auch etwas zögerlich, aber doch so, dass sein Bart, der gewachsen war, seitdem wir uns kannten, mich ein wenig kitzelte. „Ich habe übrigens auch Geburtstag am kommenden Montag. Es tut mir leid, dass ich dich nicht zum Essen ausführen kann, es wird wohl nicht einmal zu einem Schluck Sekt reichen." „Ich werde dir trotzdem ein Geschenk mitbringen", verriet ich, „du wirst staunen."

„Da freue ich mich aber", sagte er. Wir schwadronierten hin und her, und in dieses hin und her hatte sich eine angenehme Leichtigkeit eingeschlichen. Mir war schon aufgefallen, dass er mich ohne weiteres duzte, er musste sich auch allein in seinem Keller mit mir befasst haben, so zu sagen: Vertrauenstiftung im Kopf. „Aber deine Klamotten scheinen sauber zu sein", bemerkte ich, „du muffelst noch nicht wie eine Kellerassel. Holen die immer noch deine Wäsche nass aus der Trommel und schleudern sie zerknüllt in die Ecke?" „Ach, das stand in meinem Bericht? Wie soll ich das wissen, ich habe ja keinen Zugang zu den Kellerräumen außerhalb meiner Einliegerwohnung. Und, wie du siehst oder gerochen hast:

Um meine Wäsche kümmert man sich." Wir schwiegen ein Weilchen, dann sagte er: „Gib zu, du wolltest mich austricksen, prüfen, ob ich tatsächlich eingesperrt bin. Ich habe noch nicht einmal geeignetes Werkzeug, um die Tür zu dieser Wohnung aufzubrechen, und sobald ich Krach mache, droht der Krankenwagen, der mich zur Psychiatrie bringt." Ich war etwas verlegen und murmelte: „Ja, doch, das glaube ich." Dann mussten wir beide lachen, vielleicht etwas zu laut, denn über uns wollte sich ein Fenster öffnen. Ich wusste mich seitlich zu verstecken. Von oben rief es: „Was quasselst du da rum!" Darauf schrie Joschi: „Ich bin vergnügt, bejubele die Mittsommernacht und freue mich auf meinen Geburtstag." Ich hörte noch einiges Gemurmel: Sowas, merkwürdig, was soll das, und von der Art.

Ich flüsterte: „Jubel weiter Joschi, bis Montag, tschüs", und verschwand. In der nächtlichen Luft lag ein leichter Geruch von Holzfeuer.

12.

Olga war gekommen, ihr erinnert euch: „Wenn mein Frau kommt aus Stettin, wir wollen grillen", hatte Adam gesagt. Ob sie zufällig gekommen ist, oder ob sie wusste, dass meine Geburtstagsfeier stattfand, spielt keine Rolle. Jedenfalls stand da ein Monster von Grill im kleinen Gärtchen, wer weiß, wo Adam das wieder aufgetrieben hatte, ordentlich vorgeheizt hatte er ihn. Lucy war schon da mit ihren Söhnen Peter und Hanno und jeder Menge Futter: Wer soll das alles essen?

15 Uhr: Die Gäste dürfen kommen. Wer den Weg zu unserer Laubenkolonie nicht kennt, braucht nur seiner Nase zu folgen und zu schauen, wo die fetteste Grillwolke zum Himmel steigt.

Wie erwartet, als erster kam mein Sohn Peter mit Lebensgefährtin. Sie heißt Martha, ist nett und zurückhaltend, und ich darf ihr nicht auf den Bauch schauen, das verunsichert, aber schön fände ich es schon, wenn da was entstünde. Zur Erklärung: Es gibt Peter den großen, Hanfrieds und meinen Sohn, der eben gekommen war, und Peter den kleinen, den Lucy nach ihrem Halbbruder genannt hat. Und Hanfried? Den hatten sie natürlich mitgebracht, abgeholt von weit aus seiner bescheidenen Wohnung in Marzahn.

Ach, Hanfried! Er trug einen sehr altmodischen Anzug, ein Halstuch, ein Tüchlein auch schaute aus seiner Brusttasche heraus. Ein kleines Rosensträußchen überreichte er mir mit einer galanten Verbeugung. Ich sagte jetzt nicht: Das war doch nicht nötig, wir haben doch so viele Rosen im Garten… Ich sah nur, wie er da stand, kerzengerade mit seinen 78 Jahren, so schüchtern lächelnd. Da musste ich ihn einfach herzlich umarmen.

Hanfried war der Regisseur bei meinem ersten Film, in dem ich die Magd Soscha spielte, ich total unerfahren und er in meinen Augen ein Halbgott, der das Sagen hatte, dabei 13 Jahre älter als ich. War es Liebe? Ich weiß es nicht mehr, aber ich glaubte, oben angekommen zu sein. Wir würden zusammen noch einige Sachen drehen, um richtig groß rauszukommen, ob schnulzig oder nicht. Dass Peter geboren wurde, erwies sich dabei nicht als hinderlich: Hanfried kümmerte sich rührend um das Baby, mit Liebe um das heranwachsende Kleinkind, war immer zur Stelle, wenn er gebraucht wurde, aber er wurde zunehmend anspruchsvoll, was Filme betraf, begann schließlich selber Drehbücher zu schreiben, Kriminalgeschichten, in denen es maximal einen Mord gab, die Handlung geheimnisvoll und am Ende doch von zwingender Logik, na, ihr wisst schon, so wie es die Produzenten nicht wollten, denn die richten sich danach, was sie für den Zeitgeschmack hielten, oder nach dem Markt.

Ich will jetzt nicht in Kulturkritik verfallen, die mir nicht zusteht, ich sage das aber Hanfried zuliebe. Mein Sinn stand mehr danach, dass ich auf der Leinwand oder dem Bildschirm wahrgenommen würde. Als meine zweite Schwangerschaft sichtbar zu werden drohte, nahm ich allen meinen Mut zusammen, gab allen meinen Schuldgefühlen nach, ließ meinem schlechten Gewissen freien Lauf und gestand die fremde Vaterschaft.

Ich hatte erwartet, dass Hanfried explodieren würde, aber er blieb sehr still, wortkarg, nachdenklich. Letztlich gestaltete sich unsere Trennung fair und mit Anstand. Vermögen hatten wir beide nicht, nur unseren lieben Peter, und der war immer gern bei seinem Vater, gern auch bei mir, er war ein toller großer Bruder für Lucy und Rita. Nicht umsonst hat Lucy ihren Ältesten nach ihm genannt.

„Kommt mal, Hanfried und Peter, ich zeig euch was", rief ich. Ich hatte ein Foto rausgekramt, darauf war mein Vater, von seinem Krebsleiden gezeichnet und doch irgendwie auch glücklich: Auf seinem Schoß saß Peter, vier Monate alt. Wenige Wochen später ist mein Papa gestorben.

Er war Schuhmacher in der zweiten Generation. Seine Werkstatt lag im Wedding, in einem Hinterhof im Erdgeschoss eines kleinen separaten Gebäudes. Oben wohnten wir, meine Eltern, meine Oma und ich. Ich hatte keine Geschwister, aber es gab genug Kinder im Vorderhaus. In meiner frühesten Erinnerung sehe ich das Bild von einem großen Stiefel, angebracht am Tor der Durchfahrt zum Hinterhof. Erst als ich lesen lernte, bemerkte ich, dass der Stiefel den Weg zu unserer Werkstatt wies. Manchmal besuchte ich allein oder mit anderen Kindern die Werkstatt. Obwohl dort dreckige und vollgeschwitzte Schuhe abgeliefert wurden, roch es da gut nach Gummi, Leder, Klebstoff und Lösungsmitteln. Wenn ein Kunde kam und seine Schuhe zeigte, sagte ich: „Dat wid swierig", bevor mein Vater kopfschüttelnd- über die Jahre unverändert mit einem grauen Handwerkermantel bekleidet von oben durch die Brille schauend- sein Urteil abgab: „Hm, das wird schwierig, ich will sehn, was ich machen lässt, garantieren kann ich nichts." „Ganti tann er nix", sagte ich dann." Ich muss gestehen, dass ich mich daran nicht mehr erinnern kann, aber mein Papa hat es mir oft genug erzählt. Übrigens waren die Schuhe nach seiner Behandlung immer besser, als je zuvor.

Da war meistens auch ein Lehrling. Der putzte erst einmal gründlich die neu angeschleppten Schuhe und desinfizierte sie. Soviel zum Geheimnis des Geruchs in einer Schusterwerkstatt, der in mir heute noch nostalgische Gefühle erweckt. Gelegentlich durfte der Lehrling mein Fahrrad reparieren.

Am Abend war mein Vater ein Büchermensch. Er saß in seinem Sessel und ackerte sich durch dicke Wälzer, unterbrochen nur vom Auflegen neuer Vinylplatten, Größe 33. Ich sang ein bisschen mit, nicht nur bei Verdi und Puccini.

Eine Überraschung. Woher kam das Klavier? Da stand mein Papa stolz lächelnd, und ich dankte es ihm, übte fleißig, kam ganz nett voran, aber meine Liebe zur Schauspielerei war stärker, und um ehrlich zu sein, mir fehlte die richtige Begabung, so wie meine Freundin Anna sie hat.

Als Kind war ich stolz auf meine Mutter, weil sie schön aussah.

Auf die Interessen meines Vaters sah sie etwas herab, dafür war sie bestens informiert über europäische Königshäuser, Prinzen und Prinzessinnen aller Art.

Als ich nach meiner ersten kleinen Rolle (als Soscha, die Magd) in bunten Blättern abgebildet wurde, flippte sie total aus. Hanfried, zum Beispiel, hatte ein sehr gutes Verhältnis zu meinem Vater: Oft führten sie lange Gespräche über Literatur, Philosophie Geschichte, Musik…, aber alles das fand meine Mutter unnützes Geschwätz: Ich wäre ja nun ein Star. Er, mein Mann, wenn er schon nicht in der Presse präsent wäre, solle sich gefälligst um meine Karriere kümmern. Gott, war mir das peinlich! Am meisten quälte mich der Gedanke, dass Hanfried unsere Trennung einer ähnlichen Oberflächlichkeit meinerseits zuschreiben könnte.

Peter, mein großer, strahlt eine Solidität aus, die er nicht von mir haben kann: Er ist Studienrat für Deutsch, Geschichte und Philosophie. Obendrein ist seine Martha (hoffentlich bleibt es dabei) eine Aushilfskraft für den Musikunterricht, wenn auch miserabel bezahlt. O, was wäre mein Papa stolz auf Peter gewesen!

Inzwischen war Anna, an die ich gerade gedacht hatte, gekommen, elegant, wie immer, sogar in Jeans! So hatte ich sie noch nie gesehen. Während ich sie noch mit allen bekannt machte, kamen drei Kinder angeflitzt: Lisa, Tobi und Emma, gefolgt von Rita, meiner Jüngsten. Jetzt fehlten noch drei von meinen Männern: Ex 2 und zwei Schwiegersöhne, (aus naheliegenden Gründen war Joschi verhindert).

Weitere Schauspieler hatte ich nicht eingeladen, weil ich einmal Ruhe haben wollte vor deren ewig gleichem Getratsche.

Ihr kennt solche Partys. Irgendwo her kamen Torten. Teller, Pappe und Porzellan, verteilten sich, es roch nach Kaffee, reich mir mal bitte den Zucker, die Milch, ja wer hat denn diese Köstlichkeit gebacken? Nach zwei bis drei Tassen Kaffee und mehrfacher Sahnetorte ist der Magen gereizt. Ein Bier könnte gut tun, ja, da steht schon der Kübel voller Flaschen, untergetaucht in Eiswasser, d. h. einige Etikette werden gleich oben schwimmen.

Und da brutzelt es schon auf dem Grill, Geflügel, Rindfleisch, Würstchen für die Kinder, rundum goldbraun machen, Männersache, ist doch klar. Schon tauchen Salatschüsseln auf, o, wer hat denn die gezaubert? Und Soßen, Dip, Ketchup, gekauftes, für die Kinder, halt, wo sind die Baguettes? Das ist wirklich ein Ritual: Man sollte es aufnehmen als immaterielles Weltkulturerbe: Die deutsche Grillparty.

Inzwischen waren Bruno und Holger eingetroffen, meine Schwiegersöhne. Sie trugen leichte Jacketts, offene Hemden, teure Jeans und waren überhaupt ziemlich locker, aber Bruno war auch etwas nervös, und es wurde auch gleich klar, warum, denn er zog einen Umschlag aus der Jackentasche und stieß ein Glas an:

„Hallo, alle zusammen, also, em, also: Liebe Franziska, liebe Schwiegermutter, bei dem Wort denken ja viele: O ha! Also, ich will nicht viele Worte machen, bin ja kein Profi, so wie du, nur so viel: Dass alle Dich lieben, ist ja klar, schau nur, wie deine fünf Enkel an Dir hängen. Aber was ungewöhnlich ist: Ich habe mich noch nie über Dich geärgert, wo doch jeder weiß, wie leicht ich mich aufregen kann (leichtes Gelächter). Was ich noch an Dir bewundere: Wie Du kämpfen kannst, um aus allen Schwierigkeiten des Lebens einen Ausweg zu finden." Er sagte noch vielerlei Gutes über mich, aber ich weiß nicht mehr was, denn das halte ich sehr schlecht aus. Ihr wisst schon: Kloß im Hals. Nur so viel: Er kam auf Adams und meine geheimen Baumaßnahmen zu sprechen, von denen ich erwartete, dass meine Schwiegersöhne sie nicht so recht billigen könnten. Indessen redete Bruno irgendetwas von einem symbolischen Akt und rief: „Komm Holger, kommt Kinder, alle mitmachen!" „Was für ein symbolischer Akt"? dachte ich noch. Da überstürzten sich auch schon die Ereignisse, denn meine beiden Schwiegersöhne machten sich daran, das Ökoklo umzuschmeißen, und die Kinder schlossen gleich an. „Halt", schrien

Adam und ich wie aus einem Munde, und im gleichen Moment hörte ich Heino, den Oberschreber, wie er an der Pforte stand, und brüllte: „Hallo, hier riecht es aber lecker. Große Fête was, und was war da mir der Klobude?" „Kriegt nen neuen Anstrich", rief ich, und, um ihn noch mehr abzulenken: „Ich hab nämlich heut Geburtstag (eigentlich war es ja gestern), also trink erst mal was auf mich." Man schenkte ihm einen schlaffen Rest aus einer Sektflasche ein. Dabei bemerkte ich, dass er schon im Zuge eines Kontrollgangs durch die Laubenkolonie reichlich abgefüllt war. Auch Rita sprang ein: Sie sagte zu Heino, er käme gerade rechtzeitig, denn die Zeit für das Geburtstagsständchen sei gekommen, und sie stimmte „Happy Birthday" an.

Das hatte ich fast befürchtet, das kann schon mal ein ziemlich grauenhaftes Gegröle werden, gerade noch erträglich für Heino. Allerdings waren ja Martha und Anna, die Profis, unter uns, auch meine Töchter sangen hübsch, und einige Amseln zwitscherten fröhlich mit. So konnte ich es doch ein wenig genießen. Heino bekam ein Stück vom Grill und ein Bier, bevor er weitertorkelte. Dass unser Ökoklo entbehrlich erschien, hat er bestimmt vergessen. Inzwischen benutze ich es als Kompostbehältnis. Im Trubel kam Bruno nicht mehr dazu, seine Rede zu beenden, worum er, glaube ich, ganz froh war. Nur den Umschlag gab er mir, der wär wichtig, also legte ich ihn in eine Schublade, in der ich das wenige aufbewahrte, was irgendwie wichtig sein könnte.

Dann kam noch Robert, freundlich begrüßt von seinen Töchtern Lucy und Rita. Ich umarmte ihn kurz und flüsterte „Hallo Cowboy" in sein Ohr, um ihn ein bisschen zu ärgern. Er indessen zog sein Handy raus, fummelte daran hin und her, telefonierte schließlich und verkündete, dass er gleich wieder wegmüsse: Wichtige Besprechung! Meine Töchter konnten ihn gerade noch dazu bewegen, wenigstens auf einen kleinen Schluck zu bleiben.

13.

Es war doch ein schönes Fest, die Grilldünste hatten sich fast verzogen, hier und da waren noch Stimmen zu hören: fernes Gelächter. Langsam zog die Nacht herauf, am Himmel ein leichtes Gewölke. Alle weg, klar, die Kinder mussten irgendwann ins Bett, Hanfried ebenso, dann sagte auch Anna: „Wir sehen uns, hoffentlich bald." So kam es auch, unter ziemlich dramatischen Umständen. Adam und Olga halfen ein wenig beim Aufräumen aber das meiste verschoben wir auf morgen. Wir saßen noch ein Weilchen und lauschten dem Gesang der Grillen, wobei Adam seiner Frau den Gleichklang von Grillen und grillen erläuterte, Fleisch grillen und Grillen zirpen, und ich ergänzte: „Man kann auch Grillen im Kopf haben." „Wie grillen im Kopf"? fragte Adam. „Das bedeutet, verrückte Ideen haben." „Ach so, Olga hat Grillen im Kopf, will nach Karibik." Olga merkte, dass von ihr geredet wurde, daher fuhr Adam auf Polnisch fort, um die verschiedenen Bedeutungen von Grillen zu erläutern, ich aber unterhielt mich ein wenig mit Soscha und gähnte ab und an. Na dann: Gute Nacht bis morgen.

Robert, mein Ex 2, hatte ja schon angekündigt, dass er noch zu einer wichtigen Besprechung müsse. Das erweckte keineswegs meine Neugierde, eher spürte ich einen Hauch von Trübsal. Was für eine Besprechung? Was für ein Strohhalm, an den er sich mal wieder klammerte, um nicht in Bedeutungslosigkeit zu ertrinken. Wie kam es nur so weit? Waren wir nicht das Traumpaar? Robert kam gut an, und ich hatte alsbald zwei süße Töchterchen bekommen. Welch trautes Glück, bestens dokumentiert in diversen bunten Blättern. Meine Mutter war hingerissen: Sie hatte unser schönes Anwesen verpachtet (im Wedding könne man doch nicht wohnen) und eine „schicke" Wohnung in Friedenau gemietet. Ich wäre ja gern in unser Anwesen gezogen, aber der Pächter war ein ehemaliger Lehrling von uns, der sich oben mit seiner jungen Familie niedergelassen hatte. Das war in Ordnung. Noch schwammen wir, d.h. hauptsächlich Robert, auf einer Welle der Popularität. In unseren zu engen Räumlichkeiten machte meine Mutter Stippvisiten, mokierte sich über Wäschekörbe und Gestelle, die überall herumstanden, und überhäufte die Kinder mit scheußlichen Geschenken, d.h. Peter ging dabei meistens leer aus, und meine Mädchen spielten am liebsten mit meiner schon etwas zerrupften alten Puppe und meinem Teddybär. Robert wurde auch mit allerlei bedacht: Blöde Hemden und Krawatten, die er nie trug! Ich fragte mich, wo meine Mutter das Geld hernahm. Für Sie drehte sich alles um den Herrn namens Er: „Kommt er heute noch nachhause? Wollen wir nicht essen gehen?" „Ja, wie denn? Wenn Du auf die Kinder aufpasst, gerne." Das wollte sie dann doch nicht, aber sie stürzte los und besorgte riesenhafte Steaks von bester Qualität. Robert sei bestimmt hungrig, wenn er nachhause käme. Mein Hunger hielt sich meistens in Grenzen, ich hatte schon die Nudeln aus dem Topf gemümmelt, die mir die Kinder noch übriggelassen hatten.

Es gab natürlich auch Highlights: Premierenfeiern oder gar die Einschulung der Kinder: Das Gewisper und Geflüster der anderen Eltern, wenn das Traumpaar mit den süßen Töchtern hereinschneite. Ich weiß nicht mehr, ob ich das genossen habe, vielleicht schon.

Bei dem Gedanken dämmerte ich ein, wachte aber schon gegen 2 Uhr wieder auf. Es war stürmisch geworden, die Blätter rauschten heftig und schwarze Wolken jagten durch die Nacht. Am Himmel war ab und an der Mond zu sehen, abnehmende Sichel, also sehr hübsch mal wieder, der gute. Ich lag lange wach, dachte an meinen mangelnden Wohlstand und überlegte, was mir mein Leben noch zu bieten hätte: Das sind keine guten Gedanken, wenn man eigentlich schlafen möchte. Immerhin hatte ich ein Projekt, dem ich mit gespannter Vorfreude entgegensah. Endlich schlief ich ein, wachte aber nach sehr kurzem Schlaf wieder auf. In der

Situation schnappe ich mir meistens die Fernbedienung für meine kleine Glotze, die am Fußende meiner Koje steht, und zappe mich einmal durch die verfügbaren Programme. Da war er wieder, der übliche Schwachsinn: Quizrunden, Talkshows. Ob einer richtig geraten hat oder total falsch, etwas Kluges sagt oder Dummes, egal: Alles wird mit tosendem Beifall belohnt.

Nanu, da saß ja auch dieser Blödmann, ein Kollege von mir, der mich früher genervt hat, der sich jetzt groß aufspielt, weil er ziemlich präsent auf der Leinwand ist. Offenbar geht es in der Runde darum, dass jeder eine peinliche Situation aus seinem Leben zum Besten gibt. Gerade noch gab es Sonderapplaus für zwei verschiedene Socken, die einer versehentlich bei einer Gala getragen hatte- davon mussten sich alle erst einmal erholen, und dann kam er auch schon der, ach, vergiss den Typ, an die Reihe. Wie das so ist beim Rumzappen: Neugierig war ich schon. Und so erzählte er: „Als ich am Anfang meiner Schauspielkarriere war, hatte ich mich ein wenig in eine Kollegin verliebt. Ich will keinen Namen nennen. Man sieht sie heute noch hier und da in kleineren Rollen. Eines Tages gab meine Mutter mir den Auftrag, einen schönen Blumenstrauß für die Oma zu besorgen und der Oma zu überreichen. Ich ging also zur Floristin und ließ ein schönes Gesteck zusammenstellen. Für die Oma, sagte ich, sie wird heute 75. Nun stellte sich heraus, dass die Oma gar nicht zu Hause war. Die große Feier sollte erst am Wochenende stattfinden, und meine Oma, so erfuhr ich von der Nachbarin, war vor dem Trubel noch für 3 Tage verreist. Was tun? Kurz entschlossen begab ich mich zu meiner Angebeteten, klingelte, kaum dass sie die Tür nur halb geöffnet hatte, da stürmte ich schon rein und drückte ihr den prächtigen Strauß in die Arme. Ich glaube, sie war sichtlich gerührt, aber plötzlich verfinsterte sich ihr Gesicht.

Ich hörte nur noch ein lautes Raus! Der schöne Blumenstrauß landete auf der Treppe, die Tür knallte zu, und da sah ich es: Die umsichtige Floristin hatte ein kleines Kärtchen zwischen die Blüten gesteckt: „Meiner lieben Oma zum 75. Geburtstag." Zugegeben, die Geschichte war nicht schlecht und der Beifall überwältigend, allein, wie es meist bei guten Geschichten ist: Sie stimmte so nicht. Der Typ hatte mir schon länger nachgestellt, mich gestalkt, könnte man fast sagen, und als er dann tatsächlich mit seinen Blumen bei mir angeschlichen kam, habe ich ihm ohne zu zögern den Strauß ins Gesicht geschmissen. „Den kannst du deiner Oma mitbringen!" so schrie ich seine verdutzte, blöde Visage an, bis er sich umwandte und für immer von mir fernhielt.

Etwas verärgert knipste ich die Glotze aus, warf meine Decke zur Seite, hockte mich an das kleine Fensterchen meines Schlafkabuffs und ließ meine Sinne in die Nacht schweifen. Der Wind hatte sich etwas gelegt, es musste geregnet haben, denn es roch angenehm frisch. Ich beschloss, so lange da sitzen zu bleiben, bis die ersten Vögel aufwachen, aber irgendwann bin ich doch in meine Koje zurückgerollt.

14.

Eine Reihe Kopfsalat, eine Reihe Möhren, dahinter Zwiebeln, Lauch und Radieschen. Dann ein schmaler Weg und wieder drei Reihen. Erdbeeren, Broccoli, Gewürze aller Art: Das ist ja zum Niederknien. Ich bediente mich dafür eines kleinen Kissens aus festem Schaumstoff und fuchtelte flink mit einer kleinen Hacke. Angesichts der Schnüffelei von Heino ist es wichtig, den Schreber-Streber herauszukehren, und es gab noch einen weiteren Grund für meine Emsigkeit: Mich drückte ein Problem, das ich immer weiter vor mich herschob: Noch unbezahlte Rechnungen für Dusche, Boiler und Gastherme. Adam hatte die Teile zwar günstig aufgetrieben, dennoch kosteten sie mehr, als ich locker machen konnte. Wohl hatte ich eine eiserne, aber nicht sehr beeindruckende Reserve (alles, was mir meine Mutter hinterlassen hatte), die wollte ich möglichst nicht anbrechen. Außerdem erwartete ich noch die Gage für den Auftritt mit Koko (Koko oho) im Studio Bakaschira. Sollte ich Adam um Ratenzahlung oder Aufschub bitten? Das wäre mir ziemlich peinlich, und nicht minder peinlich wäre es, meine Töchter zu fragen.

Es ist keine Schande, arm zu sein oder ziemlich arm, aber wo ist die Grenze? Kürzlich kam ich bei einer bettelnden Frau vorbei, eine klägliche Erscheinung von etwas orientalischem Aussehen und undefinierbarem Alter, so hockte sie neben dem Eingang einer Drogerie und bat mit flehender Stimme und zitternder ausgestreckter Hand um etwas Geld für ihr krankes Kind. Ich gab ihr 50 Cent, obwohl mein Gespür als Schauspielerin mir sagte, dass sie vielleicht nicht so schrecklich dran war, wie sie vorgab. Was mich bewegte war, dass diese Frau es fertigbrachte oder vielleicht doch gezwungen war, ihre Würde preiszugeben. Von meiner Würde möchte ich nicht reden, das wäre mir zu pathetisch, ich weiß nur, was sich nicht richtig anfühlt. Alkoholiker und Drogenabhängige, wie sind sie zu bedauern, nicht wegen ihres körperlichen Verfalls, den erleiden viele kranke Menschen, sondern dafür, dass sie sich selbst winselnd erniedrigen vor Dealern und Schurken aller Art.

Also gut, dachte ich, schauen wir nochmal auf meinen Rentenbescheid, obwohl, dadurch, dass ich ihn anglotze, wird er auch nicht fetter. In der Schublade, in der ich alles aufbewahrte, was ich irgendwie für wichtig hielt, fiel mir als erstes der Briefumschlag ins Auge, mit dem Bruno bei seiner Rede gewedelt hatte, ohne die Sache zu Ende zu bringen.

Ich öffnete den Umschlag. O, da kam ein Bild zum Vorschein, offenbar von einem Kind gemalt, vielleicht von Lisa? Eine Dusche, oben der Kopf und daraus hervor strömend in feinen Strichelchen das Brausewasser. Titel: Herzlichen Glückwunsch. Ich musste schmunzeln, wusste aber nicht, was ich davon halten sollte. Auf der Rückseite waren Unterschriften, wohl von allen, die bei meiner Feier waren.

Im Nachbargarten hörte ich Stimmen. „Hallo. Ihr zwei", rief ich, „habt Ihr schon für euer Seelenheil gesorgt am frühen Sonntagmorgen?" „Polen müssen das, sonst kommen in Hölle, oder Kommunist, dann Hölle auf Erden", sagte Adam, und ergänzte: „Nach heiligem Geist in Kirche kommt heiliger Geist aus Flasche." Dabei füllte er drei Gläser (nicht Gläschen) mit Wodka. Ich suchte nach einem Übergang, um das Gespräch vorsichtig auf meine Schulden zu lenken.

Es schien mir gut, die Realität etwas zu verlassen und dabei die Leichtigkeit des Augenblicks zu erhalten. So erzählte ich: Ein böser Traum hat mich heute Nacht verfolgt: Ich war im fünften Kreis der Hölle, oder so ähnlich, weil ich eine Hexe bin. Der Folterknecht war ein wirklich mieser Typ, ich kannte ihn von früher, ein Speichellecker, Arschkriecher, Duckmäuser. Dennoch flehte ich ihn an: Aufhören, bitte, bitte, lieber Mann, und das war das Schlimmste. „Und wofür warst Du in Hölle?" fragte Adam. „Ich habe meinen Mann betrogen. Du hast ihn gestern gesehen, den älteren Herrn." „Ist netter Mann, hat Dir verziehen", sagte Adam, „und außerdem: Hölle nix für gute Menschen."

„Hm."

Ich brauchte einen neuen Anlauf. So zog ich das Bild aus dem Umschlag und fragte: „Was bedeutet das?"

Adam schaute lange mit gekrauster Stirn darauf, wiegte bedächtig den Kopf hin- und her und sagte schließlich: „Ist deine Dusche, nur fehlt noch Du". Da mussten wir lachen, ich rief: „He, he, he", und drohte mit dem Finger, und „außerdem", sagte ich, „ist es genau genommen deine Dusche oder jedenfalls dein warmes Wasser und überhaupt." „Nix meins", sagte er, und ich ahnte schon, was da gelaufen war: Ein Gemeinschaftsgeschenk! Die Überreichung war wohl durch das Erscheinen von Heino, dem Oberschreber, nicht zustande gekommen. Ich hatte nicht registriert, (oder war nur unterbewusst verwundert), dass alle meine Gäste mit leeren Händen gekommen waren.

Gemischte Gefühle: Sehr war ich gerührt, wie alle um mein Wohlbefinden besorgt waren, auch, wenn sie es selbst nicht so dicke hatten. Wollten sie indessen, dass ich meine Hütte niemals verlasse, nicht, wenn es Winter wird, bei einem von ihnen vor der Tür stünde, ängstlich und zitternd vor Kälte. Niemals, sagte ich mir, eigenständig und frei will ich sein. Lieber hätte ich meine Schulden durch sporadische Jobs abgestottert. Sei es drum, es kam ohnehin alles anders.

Zunächst lief alles nach Plan, aber mein Plan war nur grob durchdacht, berücksichtigte keine Eventualitäten. Ich radelte also am nächsten Morgen zum Baumarkt und besorgte:

Eine kleine Eisensäge plus Ersatzsägeblatt (sie wäre nicht sehr effektiv, hatte man mir gesagt, aber eine größere hätte nicht gepasst),

ein Töpfchen schwarzer Farbe,

einen Topf grüne Farbe (für das Öko-Klo), ·

zwei Pinsel, einen Schraubenzieher und eine Rohrzange für alle Fälle.

Dann machte ich mich auf zur nächsten Drogerie, fand dort geeignete schwarze Schuhcreme, und als Krönung meiner Sammlung von Geburtstagsgeschenken kaufte ich noch einen Piccolo.

Da kann sich der Joschi doch freuen! Was noch fehlte, war eine herzliche Geburtstagsgratulation. Dazu hatte ich auch schon einen Plan: Ihr erinnert euch, dass ich noch einen der seltenen Münzfernsprecher ausfindig gemacht hatte. Der Hörer lag in meiner Hand, die Nummer war gedreht (an einer nostalgischen Wählscheibe), die eingeschobenen Münzen fielen und mein Herz klopfte. Dazu muss ich ein paar Worte verlieren: Ihr seid vielleicht zu jung, um zu wissen, wie es war ohne Handys (ich besitze übrigens nur ein Klapphandy mit prepaid Funktion). Für mein Zeitempfinden ist es nicht so lange her, man brauchte öffentliche Telefone. Schon der Geruch in der klassischen gelben Zelle ist eigen, dumpf und süß-säuerlich, man vergisst ihn nie. Und du standest darin, vielleicht musstest du ewig warten, bis sie endlich frei wurde. Dein Kleingeld lag schon auf dem zerfledderten Telefonbuch. Würden die Münzen auch reichen? Der Anruf ist wichtig: Du bist in einer fremden Stadt, in der alte Freunde leben. Du hast sie ewig nicht gesehen. Werden sie dich willkommen heißen?

Oder: Du rufst deinen Lehrer an und wisperst mit verstellter Stimme: „Hier ist die Störungsstelle, wir glauben, Ihre Leitung ist gestört. Würden sie bitte einmal „chlytschilprtzki" sagen." „Wie bitte?" „Sehen Sie: Ihre Leitung ist gestört."

Oder so: Du bist jung und verliebt, und du möchtest die Stimme des oder der Geliebten hören. Von zuhause aus geht es nicht, denn deine Gefühle sind dort noch geheim.

Bleibt nur die Telefonzelle, dein Herz klopft (siehe oben). Wer wird den Hörer abnehmen. Ist es der verwunderte Vater, die naseweise Schwester, die Mutter - An der Art, wie der Hörer abgenommen wird, spürst du förmlich, wie sie ihre nassen Hände an der Küchenschürze abwischt- nein, welch ein Glück, da erklingt die geliebte Stimme.

Also, Anruf bei Joschi (mit Telefonzellenherzklopfen).

„Eilers."

„Ja Joschi, mein Schnuckelbärchen, alles Liebe zum Geburtstag! Ich hab ja so lange nichts von Dir gehört. Wie geht's Dir denn? Warum rufst Du nie an?"

„Wer ist denn da?"

„Ja, i bins doch, die Resi. Sag mal, willst mi nimmer kennen? Du hörst Di so anderscht an."

„Wollten Sie Herrn Dr. Joachim Eilers sprechen? Hier spricht Karl Eilers, der Sohn."

„Ach der Karl, ich hab schon so vui von Dir gehört-ich darf doch Du sagen, gel- leider haben wir uns noch nit kennengelernt. Aber jetzt möchte ich doch gern meinen Joschi sprechen."

„Mein Vater ist nicht da."

„Ja mei, nit da. An seinem Handy hab ich eam auch nit erreicht. Wo ist er denn? Der versteckt sich doch nit vor mir?"

„Dazu kann ich Ihnen nichts sagen."

„Hör mal, wenn Du eam siegst, gib eam an dicken Kuss von mir und ob er mich nit mal wieder in Erlangen besuchen mecht. Das war so schön, letztes Mal."

„Ich weiß nicht."

„Wo ist er denn?"

„Das kann ich ihnen nicht sagen."

„Hör mal, da ist doch wohl nichts Schlimmes?"

„Leider ja, mein Vater ist krank, verstehen sie, psychisch krank."

„O nein, wie ist das möglich, wenn er mich siegt, wird er sofort gsund, mein Schnuckelbärchen."

Aufgelegt. Na denn.

15.

Ich machte mich abends gegen halb elf auf den Weg, singend und pfeifend. Wir waren verabredet, ich freute mich schon, meine Geschenke klapperten im Rucksack. Ende Juni, die Nacht war hell, aber ich war mittlerweile ziemlich unbekümmert, leichtsinnig, und das wäre mir beinahe zu Verhängnis geworden. Ich war schon mit einem Bein überm Zaun von Joschis Häuschen, als sich vom Garten her aufgeregte Stimmen näherten. Eben konnte ich noch mein Bein zurückziehen und mich hinter einen Baum verstecken. Was ich hörte war ungefähr das:

„Unverschämtheit, was denkt der sich, meine ganze Bluse ist nass!"

„Ja, ja, der ist mal wieder total ausgerastet."

„Wir sollten Dr. Pratt verständigen, noch morgen."

„Ja, vielleicht, ich weiß nicht."

„Weiß nicht, weiß nicht, was soll das heißen, ich weiß, was du bist, ein Schl…"

mehr konnte ich nicht hören, wahrscheinlich war das letzte Wort: Schlappschwanz. Ich ging noch ein Weilchen die Straße auf und ab, bis ich aus dem Haus kein Geschimpfe mehr hörte, dann schlich ich ohne Zwischenfälle zu Joschi, der gut gelaunt bei Dunkelheit in seinem Zimmer saß. Die Tür stand offen, das Gitter war verschlossen, natürlich. Er hatte Musik aufgelegt: Gesang einer Klarinette, elegisch, plötzlich virtuoses Klavier und dramatisch einsetzendes Jazzorchester, hämmernde Rhythmen, und wieder ganz zart das Leitmotiv. Ich liebe sie, die Rhapsody in blue. Ein Weilchen lauschte ich neben der vergitterten Tür und ließ mich berauschen. Dann trat ich heran und sagte nur „He". Joschi drehte gleich die Musik leiser, aber noch laut genug, dass unser Flüstern aus dem oberen Fenster nicht zu hören war. „Herzlichen Glückwunsch zum Geburtstag", wisperte ich und zog ihn durch das Gitter greifend an beiden Ohren zu mir heran, bis sich unsere Nasen berührten. „Eine schöne Musik hast du aufgelegt." „Wusstest du, dass sie ihm während einer Fahrt in der Eisenbahn eingefallen ist?" „Nein, aber jetzt höre ich es." Die Musik klang aus, sie mündete in eine verlegene Stille. Wir sahen uns an. Auf einmal empfand ich die Absonderlichkeit der Situation: Da sitzt nun Joschi in seinem Gehäuse, eigentlich Dr. Joachim Eilers. Ich kenne ihn fast überhaupt nicht. Ist er wirklich eingesperrt, und über ihm, da wo das Fenster offen steht, wohnen da seine Bewacher, die sich gerade anschicken, zu Bett zu gehen? Wer ist diese Frau? mag Joschi denken, was hat sie vor? Joschi bewegte die Lippen, als wollte er etwas sagen, aber ich hielt meinen Finger vor den Mund und machte leise: Psst, denn aus dem Fenster über uns waren Stimmen zu hören, und es brannte noch Licht.

In dem Moment kam Soscha angeschlichen und machte sich durch mehrfaches Miau und lautes Schnurren bemerkbar. „Ja Soscha, da bist du ja", rief Joschi. Oben hörte ich Frau Anja meckern: „Was ist denn da schon wieder los?" „Nur die Katze, die Scheißkatze", sagte Karl. Ich denke mal, er hat nichts gegen Katzen, aber er musste seiner Frau etwas Besänftigendes sagen. Ich verkroch mich ein wenig, damit ich aus dem oberen Fenster nicht zu sehen war. Derweil zog sich Joschi in sein Verlies zurück, machte Licht, legte aus einer kleinen Sammlung von CDs - die hatte er aus seinen beträchtlichen Beständen noch für sich retten können-eine Scheibe auf und machte es wieder dunkel. Ein Hörbuch, ein kultivierter Vorleser begann: Indem ich die Feder ergreife, in völliger Ruhe und Zurückgezogenheit- gesund übrigens, wenn auch müde.... Dabei ließ Joschi den eloquenten Hochstapler vernehmlich weiterschwätzen. Alsbald rief von oben sein Sohn Karl aus dem Fenster: „Kannst du das mal leiser drehen, oder setz dir Kopfhörer auf." „Nein", rief Joschi. Da wurde das Fenster geschlossen. Na also, klappt doch. Jetzt war es Zeit für die Bescherung. Als erstes holte ich den Piccolo hervor. „Ich habe sogar ein Glas", sagte

Joschi, „das muss ich dir erklären: Also, die kamen tatsächlich an, um mit mir zum Geburtstag anzustoßen und zu feiern. Ein Geschenk hatten sie mir auch mitgebracht: eine CD die ich schon hatte und-nebenbei- schon 1000mal gehört habe. Dann sollten wir zu dritt mit Sekt anstoßen.

Da ich das Prickeln schon lange entbehrt hatte, nahm ich tatsächlich ein Glas entgegen und bemerkte, dass es auch ein sehr gutes Geschenk sei, wenn man so gnädig wäre, das Gitter aufzuschließen, um mir freien Ausgang zu gewähren. Darauf hielt Anja, also meine Schwiegertochter (wobei mir das Wort Tochter im Zusammenhang mit dieser Zimtziege schwer über die Lippen geht) einen endlosen Sermon darüber, wie gut ich es doch hätte, wie sehr sie sich um mich sorgten, wie krank ich doch sei -das hätte auch Dr. Pratt bestätigt-, dass die Situation, wie sie jetzt sei, das Beste für alle wäre, zumal ich mich um nichts zu kümmern brauche, und darauf wolle man jetzt anstoßen. Ich nahm das gefüllte Glas entgegen und goss ihr den Sekt geradewegs in's Gesicht !"

„O.o Joschi, schon wieder ein Beweis für deine totale Unzurechnungsfähigkeit."

„Klarer Fall für Dr.Pratt !"

„Pass mal auf, du schwerer Junge, was ich noch für Geschenke mitgebracht habe: Eine Säge, eine Rohrzange für alle Fälle, einen Schraubenzieher, und jetzt kommt's: Schwarze Schuhcreme und schwarze Farbe, je nach dem, was besser geeignet ist."

„Wie bitte?"

„Hallo, du musst jetzt auch was tun für deine Freiheit."

Ich nahm die Säge und strich schon mal vorsichtig an einer geeigneten Stelle über das Gitter. Die Wirkung war natürlich gering, zumal wir nur ganz sacht, also mehr symbolisch zu Werke gehen konnten. Joschi aber bemerkte sofort, an welchen Stellen man die Säge ansetzen musste, um mit möglichst geringem Aufwand das Gitter öffnen zu können. Die Idee, das Tagwerk -denn mehrere

Tage würde die Aktion in Anspruch nehmen- mit Schuhcreme zu kaschieren, fand er sehr witzig. „Deine Fantasie möchte ich haben", sagte er, und ich reichte in Gedanken das Kompliment gleich an Adam weiter.

Derweil hatten wir den Sekt schon fast vergessen. Wir tranken ihn schließlich gemeinsam aus dem Glas, das Joschi zuvor über seiner Schwiegertochter, der Zimtziege, entleert hatte, tauschten viele gute Wünsche aus und fühlten uns ein bisschen wie Kinder, die einen abenteuerlichen Plan ausgeheckt haben, und dabei Verschwiegenheit und ewige Treue zu einander schwören.

16.

In den nächsten Tagen war Joschi voll damit beschäftigt, das Gitter vor seiner Tür anzusägen. Das erwies sich als ein ziemlich schwieriges und langwieriges Unterfangen, denn das Gitter bestand aus zwei Elementen: Einem eisernen Rahmen, der an dem hölzernen Türrahmen befestigt war, und der an der einen Seite die Angeln, an der anderen Seite die Öffnungen für das Schloss enthielt, und dem Gitter selbst mit seinem umlaufenden Winkeleisen, an dem das Schloss befestigt war. Joschi erinnerte sich gut daran, wie sein Vater das Gitter hatte einbauen lassen unter Berücksichtigung aller Sicherheitsmaßnahmen, und gerade die machten jetzt Ärger, denn es waren an der Seite des Türrahmens je zwei Winkeleisen zu durchtrennen, oberhalb und unterhalb des Schlosses. An der Hinterseite war das Schloss so mit dem Gitter verbunden, dass auch da noch oberhalb und unterhalb eine Stange durchgesägt werden musste. Das erachteten wir als nicht ganz so schwierig und sollte später geschehen. Mehrmals besorgte ich neue Sägeblätter und auch noch braune Schuhcreme, denn beim Durchtrennen der Winkeleisen ließ es sich nicht vermeiden, auch noch den hölzernen Türrahmen etwas anzusägen, was sich mit brauner Creme bestens kaschieren ließ.

Ich hoffe, ich habe das alles richtig wiedergegeben, so, wie Joschi, der Ingenieur, mir das erklärt hat.

Es gab ein zweites Problem: Neuerdings war Joschi am Vormittag nicht immer allein im Haus. Anja brachte ihr Balg in die Schule, kam aber öfters danach zurück, d.h. sie ging nicht regelmäßig zur Arbeit, wie früher. Hatte sie gekündigt, oder nur noch eine viertel Stelle? Wer weiß. Wir hatten geplant, das Gitter an einem Vormittag endgültig durchzusägen, um dann in aller Ruhe das Haus zu verlassen, aber das ließ sich so nicht mehr machen. Immerhin konnte Joschi erlauschen, ob die Luft rein war, um geduldig zu arbeiten, und so kam er doch stetig voran.

Inzwischen war ich mehrmals bei meiner Tochter Rita, bei der ich, wie schon anfangs erwähnt, noch ein Zimmer mit Internetzugang habe. Ein neues Rollenangebot war leider nicht in meiner Mail. Dafür recherchierte ich nach Dr. Pratt und wurde fündig: Dr. habil. Horst Pratt, Facharzt für Psychiatrie. Ferner war zu erfahren, dass er über Belegbetten in einer Klinik in Kreuzberg verfügte, von der ich noch nie etwas gehört hatte. Schließlich gab es noch Hinweise auf seine Venia legendi, Kurse für Studenten, seine Kompetenz und sein Spezialgebiet: Spätentwicklung von Missbrauchsopfern.

Obwohl mich mein Verstand dagegen sträubte, vermochte das Wort Missbrauch das Gift des Argwohns in meinen Kopf zu tröpfeln. Könnte es sein, dass Joschi sich mit sehr zweideutigen Gefühlen seinem Stiefenkel genähert hat? Hat er in seinem Bericht die eigentliche Wahrheit umgangen? Tatsächlich spielte ein solcher Verdacht alsbald eine Rolle, darauf komme ich noch. Wenn ich Joschi allerdings nachts besuchte, um den Fortschritt seiner Sägearbeiten zu begutachten, wobei wir uns leise und heiter unterhielten, wenn ich dabei gelegentlich seine Hand hielt, verflog jeder Argwohn. Auch hatte ich ihm bildreich erzählt, wie süß meine Kinder waren und meine Enkel sind, aber das interessierte ihn nur in so weit, als er auch einen Wunsch nach Enkelkindern bekundete, und zwar richtigen, die Interesse an Natur und Technik hätten.

Nach einer Woche hatte Joschi seine Arbeit so weit vorangetrieben, dass wir konkrete Pläne für den Ausbruch angehen konnten. Ich schlich am Montag, dem ersten Juli, nachts um 11 zum letzten Mal zur noch verschlossenen Pforte. Die Tür dahinter stand offen. Joschi saß da, hörte Musik und flüsterte, sobald er mich erkannte: „Alles soweit fertig."

Wir planten den Ausbruch für den nächsten Morgen um acht. Um die Zeit würden Anja und Marco das Haus verlassen haben, Joschi würde kurz danach kommen, und ich würde schon auf der Straße warten, um ihn in Empfang zu nehmen. Dabei müsste ich darauf achten, dass Anja und Marco mich nicht zu Gesicht bekämen. Das ließe sich wohl machen. So war ich wirklich zum letzten Mal nachts über den Zaun von Joschis Haus geklettert, aber das Weitere lief nicht ganz nach Plan. Das Durchsägen des Gitters musste ja so weit vollzogen werden, dass nur noch ein winziger Rest zu bewältigen war, um das Tor zu öffnen, so wenig, dass es am nächsten Morgen zwischen viertel vor acht-dann würde sein Sohn Karl das Frühstück gebracht haben- und acht zu schaffen war.

Die ganze Szene mochte ich mir gar nicht vorstellen: Joschi hinter dem Gitter, sein Sohn reicht ihm Kaffee und geschmierte Butterbrote (Marmelade hätte er ja noch), dazu noch tröstliche bedauernde Worte unter Vermeidung jeden Blickkontakts. Scham auf beiden Seiten. Anja wagte sich überhaupt nicht mehr zum Gefangenen, Marco jedoch kam noch regelmäßig, um mittels eines kolossalen Spielzeuggewehrs Joschis Hinrichtung durch Erschießung zu vollziehen.

Also, gerade wollte Joschi mir zeigen, wie gut alles vorbereitet war; er erhob sich von seinem Stuhl und stolperte über eine Fußmatte, die eigentlich keinen Zweck mehr erfüllte, nach vorn, und hielt sich instinktiv am Schloss fest, leider an einer ungünstigen Stelle, denn ein Stab trennte sich vom Schloss, das erkennbar nach außen gebogen war. Wir versuchten, alles wieder zu richten und mit Schuhcreme zu kaschieren, waren dabei durchaus in Panik, doch unsere Bemühungen bewirkten zwar das, was wir eigentlich wollten, aber noch nicht in der Nacht: Das Gitter sprang auf! Wir müssen wohl ziemlich viel Krach gemacht haben, denn über uns flog das Fenster auf. „Was zum Teufel ist da los?" rief Karl, Joschi schrie: „Nichts", und ich flüsterte: „Los, abhauen, jetzt oder nie!"

Wie ich schon befürchtet hatte, war Joschi etwas umständlich: Er zog sich noch eine Jacke über und steckte etwas ein, das er irgendwo aus der Tiefe seiner Habseligkeiten hervorgekramt hatte. „Mein Pass", sagte er, und ich flüsterte: „Schnell, schnell." Das mit dem Pass war allerdings nicht dumm, wie sich später herausstellte. Ich zog ihn förmlich in Richtung Straße und half ihm, über das Gatter zu klettern. Dann rannten wir. Aus der Haustür kamen auch schon Anja und Karl Sie riefen. „Stehen bleiben, sofort." Wir aber rannten, wenn auch nicht schnell, was zum Teil daran lag, dass Joschi noch Hausschuhe trug. Warum sind sie nicht froh, dass er wegläuft? dachte ich. Es musste einen Grund geben, denn Anja verfolgte uns und kam deutlich näher. Karl blieb weiter hinten und wimmerte: „Anja, sei vorsichtig!" Im nächsten Moment passierte vielerlei: Joschi verlor einen Hausschuh. Er bückte sich, um ihn wieder aufzusammeln, aber Anja, die uns eingeholt hatte, griff nach seiner Jacke, um ihn festzuhalten, und ich erinnerte mich an eine Szene aus einem früheren Film: Eine Hand legte ich um Anjas Hals, einen Fuß stellte ich zwischen ihre Beine und dann drückte ich sie kräftig zur Seite weg, sodass sie in einem niedrigen Gebüsch landete. Zur Verzierung kriegte sie noch einen Tritt in den Hintern. Ihr Geschrei war beeindruckend: „Hilfe, Hilfe, Polizei!" Weiter hinten sah ich Karl, der schon an seinem Handy fummelte.

Wir rannten, so gut es ging oder besser, so schlecht es ging. Bei der nächsten Querstraße bogen wir ab und danach wieder, denn es schien mir, dass es auf die Weise schwieriger wäre, unsere Spur zu verfolgen. „Wo laufen wir eigentlich hin?" fragte Joschi, der schon mächtig japste. Ich sagte: „Mal sehen." Wenn uns ein Auto begegnete, was in der Nacht nur selten vorkam, hakte ich Joschi unter, und wir trotteten daher, wie ein altes Ehepaar. Wir waren schon fast am Eingang unserer Schrebergartenkolonie, als wir die Martinshörner hörten. Es war keine Zeit mehr, den Schlüssel raus zu kramen, das Haupttor aufzuschließen und unerkannt im Gelände zu verschwinden. Also rannten wir in die kleine Straße, die frisch geteerte, die an unsere Laube grenzt. Zum Glück blieb der Polizeiwagen unschlüssig am Haupttor stehen, aber alsbald kam ein zweiter Polizeiwagen, der genau in unsere Straße einbog mit lautem Tatü, Tata. Wir hatten gerade Adams Pforte erreicht, die ich geschickt öffnete, denn das hatte ich schon oft gemacht, hechtete mich in meinen Garten, und Joschi kam halb krabbelnd, halb von mir gezogen, hinterher. Derweil hatte der Polizeiwagen die Stelle passiert, leitete aber ein Wendemanöver ein. Ich beeilte mich, die Pforte zu schließen, und robbte zu Joschi, der schwer atmend am Boden lag. Wir wälzten uns noch etwas zur Seite, um Deckung hinter einem Haufen von Reisig und entwurzeltem Unkraut zu finden, den Adam bei Gelegenheit wegfahren wollte. Die Türen des Polizeiwagens klappten, wir hörten Schritte und der Schein einer Taschenlampe huschte hin und her. „Merkwürdig, mir war so, als wenn hier Personen waren", hörten wir sprechen. Joschis Atem ging jetzt so heftig, dass ich fürchtete, man könnte ihn hören. Darum fasste ich ihn fest am Rücken, kraulte und streichelte ihn und pustete leise in sein Ohr. Das half.

Wir blieben noch eine viertel Stunde so liegen bis wir ganz sicher waren, dass sich die Polizisten davon gemacht hatten. „Und nun?" fragte Joschi. „Hier wohne ich." Er konnte sein Erstaunen kaum verbergen. Derweil schloss ich die Fensterläden, öffnete die Tür, ging voran und zündete eine Kerze an. „Zu viel Licht sollten wir jetzt noch nicht machen", sagte ich. „Wie romantisch", meinte Joschi.

Um über unsere Verlegenheit, die sich natürlich einstellte, hinwegzuhelfen, holte ich eine Flasche Rotwein (schon angebrochen) und füllte zwei Gläser (leidlich sauber). Wir setzten uns und stießen an. „Auf das, was kommt", sagte ich. „So weit hat es ja gut geklappt." Aber so weit ist nur so weit, und darüber hinaus hatte ich keinen Plan. Das Dumme war: Joschi hatte auch keinen. Schlimmer noch, er gestand: „Ich habe kein Geld, keinen Pfennig." „Solche Scheiße!" Das war mir so rausgerutscht, das möge man mir angesichts meiner Situation verzeihen. Ich sah sein betroffenes Gesicht, strich ihm leicht über die Backe und sagte: „He", sonst nichts.

Nach einer Weile meinte Joschi, dass er Geld besorgen könne.

Er brauche nur ein paar Schuhe und überhaupt ein seriöses Aussehen, denn er sei ja etwas verwildert. Ich versicherte ihm, dass wir das gebacken kriegen. Dann bezog ich die Couch, auf der er gesessen hatte, zeigte ihm das Bad und reichte ihm ein Handtuch. Ich hatte sogar eine neue Zahnbürste (alles für den Fall, dass mal ein Enkelkind bei mir übernachtet, was gelegentlich vorkam), kurz, ich war die perfekte Gastgeberin in meiner kleinen Hütte. Als wir die Augen schlossen, war die Morgendämmerung schon zu ahnen.

17.

Als ich aufgewacht war und leise zum Badezimmer schleichen wollte, sah ich Joschi ganz still auf einem Stuhl sitzen. Sein Bett hatte er schon sehr ordentlich gemacht. „Guten Morgen, gleich gibt es Kaffee", sagte ich, um ihn aufzumuntern, oder um überhaupt etwas zu sagen. Ich machte Licht, ließ die Fensterläden aber noch geschlossen, denn ich wollte Adam jetzt nicht so gerne sehen wie sonst.

Ist es das Geräusch des Kauens, des Schluckens das Klappern des Geschirrs, der Duft des Kaffees oder das Gefühl, wie ein Bissen erst die Geschmacksnerven trifft, bevor er langsam Richtung Magen rutscht, oder alles zusammen, was das Reden und auch das Schweigen erleichtert? Es kam ein Quäntchen von Gefühl auf, als wären wir ein älteres Paar, das gemeinsam frühstückt.

Wir fingen an, die nächsten Schritte zu überlegen. Zunächst brauchten wir Schuhe, Größe 42, dann Geld. Das wäre kein Problem, meinte Joschi, wenn er nur halbwegs gepflegt auf die Straße könne. „Hast du eigentlich ein Portemonnaie", fragte ich. „Nicht hier, da ist auch fast nichts drin, aber schlimmer ist: Sie haben mir meine Brieftasche entwendet: Personalausweis, Führerschein, Zulassung, Bahncard, Krankenversicherungskarte, und leider auch Bankkarte. Alles weg. Irgendwann müssen sie mir Schlafmittel verabreicht haben, sind bei mir eingedrungen und haben die Brieftasche eingesteckt. Immerhin, den Reisepass habe ich gerettet. Er lag woanders. Gestern habe ich ihn schnell noch eingesteckt." „Das habe ich gesehen", sagte ich, „aber was nützt Ihnen die Bankkarte ohne Geheimzahl?" „Das ist ja das Blöde, als ich mal mit hohem Fieber im Bett lag, habe ich Karl zur Apotheke geschickt, um einige Medikamente zu holen zu lassen. Er hatte kein Geld da, also habe ich ihm meine Karte gegeben mitsamt Geheimzahl. Was sollte ich tun? Damals war Anja noch nicht im

Haus und ich konnte meinem Sohn vertrauen. Egal: Ich bringe das in Ordnung."

Ich fuhr zu meiner Tochter Rita, erzählte ihr irgendetwas von einem Obdachlosen, der immer vor dem Waschsalon säße und keine Schuhe hätte. Darauf stöberte Rita ein Paar hervor, das Holger sowieso nicht stünde. Ob das zutraf, interessierte mich nicht, ich hatte nur etwas Mühe, mich loszueisen.

Joschi hockte ruhig in meiner Wohnküche, aber er sah etwas verwildert aus: Der Schnurrbart war ihm über die Lippen gewachsen, und das Haupthaar hing ihm über die Ohren Er müsse etwas seriöser aussehen, meinte er, nicht wie ein Penner, damit der Sparkassenleiter ihn erkennt. Um Zeit zu sparen, nahm ich das selbst in die Hand, legte ihm ein Handtuch um und schnippelte mit Kamm und Schere hier und dort ein bisschen an ihm herum. Das Ergebnis war nicht perfekt. Joschi sah immer noch aus wie ein verspäteter Hippie, und das war vielleicht ganz gut so.

Wir verließen die Laubenkolonie durch den Haupteingang. Mal hakte ich mich bei Joschi unter, mal nicht. Ich konnte mich nicht entscheiden, was weniger verdächtig aussah. Zum Glück trafen wir niemanden, mit dem ich ein Gespräch hätte anfangen müssen, auch Heino saß in seiner Bude und las Zeitung, ohne uns zu bemerken.

Wir gingen wieder, häufig abbiegend, durch kleinere Straßen und erreichten die Sparkasse, in der Joschi seine Bankangelegenheiten erledigte. Wenn Karl oder Anja schlau gewesen wären, hätten sie uns da abgefangen; wir betraten indessen unbehelligt den Vorraum, und Joschi fragte sofort nach Herrn Vrobel, den Zweigstellenleiter. Alles ging gut, Herr Vrobel erschien, stutzte aber etwas, bis Joschi seinen Namen sagte.

„Ach, Herr Dr. Eilers, entschuldigen sie, sie sehen etwas verändert aus. Was kann ich für sie tun?"

„Ein Problem! Gestern wurde mir meine Brieftasche gestohlen.

Bitte lassen Sie sofort meine Bankkarte und meine Kreditkarte sperren."

„Selbstverständlich. Was sind das nur für Zeiten."

Während die technischen Angelegenheiten der Sperrung ausgeführt und die Erstellung neuer Karten vorbereitet wurden, plätscherte auch die Konversation über die Dreistigkeit der Diebe und die allgemeine Verunsicherung fort. Joschi musste hier und da unterschreiben, schaute etwas verlegen, aber ich schaltete sofort und reichte ihm meine Lesebrille mit gespielter Routine. Dann kam der Knackpunkt: „Schicken sie die neuen Karten bitte nicht zu mir nach Haus, sondern an folgende Adresse:" Dann nannte Joschi, wie abgesprochen, Annas Adresse, und sagte: „Meine Lebensgefährtin." Während Herr Vrobel das notierte, musterte er mich mit verstohlenen vielsagenden Blicken. „Jetzt hätte ich gerne noch meine Auszüge und etwas Bargeld", sagte Joschi, „wir haben nämlich eine längere Reise vor." „Selbstverständlich, Herr Doktor."

Es war gut, dass Joschi wenigstens noch seinen Reisepass hatte. Wir zogen mit 5000 Euro ab und fühlten uns dabei, wie nach einem erfolgreichen Bankraub. Ich bewunderte Joschi dafür, wie viel er flüssig hatte, zumal er mir erzählte, dass sich Carl und Anja schon kräftig seines Kontos bedient hätten. Es war ja auch bestimmt nicht ganz billig, ihren Marco nach der verlorenen Schlacht (Joschis Großangriff) wieder voll aufzurüsten.

Wir kauften einen Koffer und füllten ihn mit haufenweiser Unterwäsche, Socken, kurz, dem vollen Programm, wie meine Töchter sich ausdrücken, dazu kamen Jeans, zwei Sweatshirts und bequeme Turnschuhe. In einem Drogeriemarkt erwarben wir noch eine Sonnenbrille, die Joschi gleich aufsetzte, ebenso wie eine Baseballkappe, die an einem Ständer baumelte. War er nicht wiederzuerkennen? Schwer zu sagen, jedenfalls sah die Kappe echt bescheuert aus. Auch das war gut so. Wir kehrten ein in ein Nobelrestaurant und ließen es uns richtig gut gehen.

Ich hatte nun gedacht, dass Joschi irgendwo unterkommen

könnte, aber offenbar war das Verhältnis zu seinen alten Freunden aus Berlin nach seinem Leben in Erlangen noch nicht wieder so gefestigt. Auch musste er befürchten, dass sein Sohn bei denen Nachforschungen anstellt. So schlichen wir vorerst wieder in meine Laube.

„Pass auf, Anna, du wirst in ein bis zwei Wochen einen an Dich adressierten Einschreibebbrief für Herrn Dr. Joachim Eilers bekommen. Eine Vollmacht für den Empfang habe ich schon mitgebracht. Wenn Dich einer fragt, sag einfach, Du würdest Herrn Eilers nicht kennen, wärst nur auf einer längeren Bahnfahrt mit ihm ins Gespräch gekommen, und er hätte Dich darum gebeten. Bald erzähle ich Dir mehr."

Ich war am nächsten Morgen zu Anna geradelt und hatte sie klopfenden Herzens mit meinem Ansinnen überfallen. Zu meiner Überraschung legte Anna ohne Weiteres die Vollmacht auf den Flügel. Kleine konspirative Streiche waren ihr vertraut, sie musste ja schließlich in der DDR überleben. Wir tranken noch einen Tee, aber dann drängte ich fort. Anna vermutete richtig, dass es einen Zusammenhang gab zwischen meiner Eile und dem Einschreibebrief.

Auf dem Rückweg kaufte ich eine Zeitung mit Lokalteil. Wir blätterten sie durch und wurden fündig:

Dementer Senior entlaufen.

Der demente Senior Joachim E., 67 Jahre, ist am letzten Montag in der Nacht aus seinem Haus entkommen. Herr E. gilt als jähzornig und aggressiv, daher wurde er auf Anraten seines Arztes von seinem Sohn und seiner Schwiegertochter im Hause bewacht, es ist ihm aber gelungen mit Hilfe einer fremden Frau und eventuell weiterer Helfern unter Anwendung erheblicher Gewalt zu entfliehen. Darüber hinaus haben die Flüchtenden die Schwiegertochter tätlich angegriffen.

Wer hat eine verdächtige Frau in der Nähe des Hauses gesehen?

Wer weiß, wo sich die Verdächtigen aufhalten könnten?

Beigefügt war noch ein Bild von Joschi und die Adresse seines Hauses.

„Wow", stieß ich aus als erste Reaktion. Joschi war ziemlich erschrocken. „He, wir lassen uns jetzt nicht einschüchtern, wir ziehen das durch." Ich weiß, das sagt sich so, aber einen konkreten Plan hatten wir nicht. Schließlich kamen wir überein, dass Joschi zunächst die Laube nicht verlassen solle; falls Besorgungen anfielen, könnte ich die sehr schnell erledigen. „Ok, ich bin eingesperrt, wie vorher, nur auf weniger Raum", scherzte Joschi. „Aber immerhin zu zweit", entgegnete ich, „oder gehe ich dir schon auf die Nerven?" Joschi schaute etwas sparsam, aber dann mussten wir beide lachen.

18.

Es gab ein Problem. Unverhofft könnte eine meiner Töchter auf-
tauchen, allein oder mit Enkelkindern. Was würden die sagen,
wenn Joschi da ist, besonders, wenn ich gerade nicht da wäre? Es
war klar, dass wir irgendwie abhauen müssten, zunächst holte ich
aber noch eine Zeitung, um zu sehen, ob es im Fall des Entflohenen dementen Joachim E. noch etwas zu melden gab. Es gab, aber
nur wenig:

Im Falle des entlaufenen dementen Seniors Joachim E. (wir berichteten gestern darüber) gibt es einige Zeugen betreffs der Frau,
die ihm bei der Flucht geholfen hat. Die Polizei geht allen Spuren
nach. Allerdings sind die Aussagen Widersprüchlich: Eine Zeugin
sagt, die Frau sei eine Muslemin, ein anderer Zeuge kann das nicht
bestätigen, und eine Zeugin meint, sie hätte die Frau in der Krimi-
nalsendung Tatort gesehen. Mit Aussagen wie der letzteren wird
die Polizei häufig konfrontiert bzw. amüsiert. Möglicherweise war
es auch eine Freundin des Flüchtigen aus seiner Tätigkeit in Erlangen. Hinweise bitte.....

Über die Frau aus dem Tatort mussten wir herzlich lachen, aber
ich war auch etwas erschrocken. Würde die Polizei die Spur ernst
nehmen, hätten wir ein Problem. Was die Freundin aus Erlangen
betraf, wollte ich Joschi vielleicht später aufklären. Im Moment
scherzte ich nur: „O, Joschi, alter Charmeur!" Er war etwas irritiert.

Ich war schon fast am Verzweifeln, radelte durch halb Berlin,
von einem entlegenen Areal zum nächsten - einige sahen aus, wie
ehemalige Parkplätze von stillgelegten Betrieben, andere mehr wie
Schrottplätze- , um ein Wohnmobil zu mieten. Die Ferien standen
vor der Tür (merkwürdige Türsteher), das hatte ich nicht bedacht.
Einige Vermieter schüttelten ob meiner Naivität nur den Kopf, andere verwiesen mich anderswohin, wobei das Niveau des Ange-

bots stetig abstieg. Allerdings überraschten mich auch die Preise: So waren gewisse Zugeständnisse, was meine Ansprüche betraf, schon in Ordnung. Endlich fand ich ein Mobil, das noch zu haben war. Der Verleih gehörte eher zur Kategorie Schrottplatz. Immerhin, der Wagen überstand die Probefahrt, er war ausgestattet mit 2 Kojen links und rechts, einer Miniküche, einem Klo, das man besser nicht benutzte, und einem schmalen Tisch zwischen den Kojen (den könne man absenken, um die Kojen zu einem breiten Lager zu vereinen), sagte die Vermieterin. Wir regelten das Geschäft im Büro, einem ausrangierten Bus, in dem sich außer der Vermieterin und mir noch ein Mann mit Bierflasche und ein sabbernder Schäferhund aufhielten. Ich musste Vorkasse leisten. Der Moment, in dem ich aus dem Bündel von Joschis Scheinen in meiner Tasche den richtigen Betrag hervor nestelte, war mir äußerst unangenehm.

Zum Glück hatte das Mobil einen Fahrradträger. Nach zehn Minuten hatte ich mein Rad befestigt und fuhr schnellstens zur Laubenkolonie, ohne zu beachten, ob meine Straßen für alte Diesel noch zulässig waren. Es gab eine Parkmöglichkeit direkt hinter Adams Kastenwagen.

In der Laube angekommen, ließ ich mich in einen Korbstuhl plumpsen und stöhnte: „Ich brauche ein Bier, sofort.“

Joschi hatte inzwischen zwei Briefe verfasst. Einen an die Zeitung mit der Bitte um Weiterleitung an die zuständige Polizeidienststelle:

Sehr geehrte Redaktion,

Indem ich die Feder ergreife, in völliger Ruhe und Zurückgezogenheit, gesund übrigens, körperlich und geistig, teile ich Ihnen mit, dass ich am ersten Juli dieses Jahres mein Haus (die Adresse finden Sie im Briefkopf) verlassen habe, um mich anderenorts aufzuhalten. Ich bestehe darauf, dass es mein Recht ist, mein Haus zu verlassen und zu betreten, wann immer es mir passt.

Jeder Versuch, mich einzusperren, ist widerrechtlich. Ich bin von Natur aus friedfertig, also weder jähzornig noch gewalttätig.

In meinem Haus wohnt außer mir noch mein Sohn mit seiner Frau, die einen Sohn von jetzt acht Jahren mit in die Ehe gebracht hat. (Unnötig zu sagen, dass die hier genannten keinen Mietzins an mich entrichten.) Der Junge hat eine fatale Neigung zu Kriegsspielzeug, dazu gehört eine massive Bewaffnung von Pistolen, Gewehren und einem Computerspiel mit großem Bildschirm. Ich halte solche Dinge für ungeeignet, Kinder zu friedfertigen Bürgern zu erziehen. Als die Belästigung durch geräuschvolle Kriegsspiele überhandnahm, gerade während einer kleinen Familienfeierlichkeit, habe ich mittels einer Rotweinflasche die Streitmacht meines Stief-Enkels vernichtend geschlagen. Leider wurde ich von dessen Angehörigen mit Hilfe eines inkompetenten Psychiaters gefangen genommen und in meinem eigenen Haus im Souterrain hinter Gitter gesetzt, natürlich ohne Handy und Internet. Sie werden mir dafür applaudieren, dass es mir gelungen ist, eine Freundin zu finden, mit deren Hilfe ich mich aus meiner misslichen Lage befreien konnte.

Mit freundlichen Grüßen,

Joachim Eilers

Der zweite Brief (ebenso wie der erste in sauberer Handschrift verfasst) ließ an Klarheit nicht zu wünschen übrig:

Sehr geehrter Herr Eilers, lieber Karl,

Hiermit ersuche ich Dich, mein Haus (Adresse wie im Briefkopf) zusammen mit Deiner Frau Anja und Deinem Stiefsohn Marco bis zum 31.7. dieses Jahres zu verlassen. Eine Kopie dieses Briefes werde ich bei einem Rechtsanwalt hinterlegen.

Mit freundlichen Grüßen,

Joachim Eilers

Das mit der Freundin fand ich direkt rührend. Bevor es dunkel wurde, und das war erst spät, beluden wir die Karre. Alles, was auf Joschi hinwies, musste natürlich mit, das war im Wesentlichen der Koffer mit den neuen Klamotten, also war das einfach. Seine

Jeans und die Turnschuhe hatte er schon an. Ich hatte meinen Krempel auch schnell zusammen, den Proviant verschoben wir auf den nächsten Morgen. Schon wieder erwies sich Adams Pforte als äußerst zweckmäßig.

Am nächsten Morgen konnte man auf den Straßen Berlins ein älteres Wohnmobil sehen. Die Fahrerin sah frisch erholt aus, als wenn sie gerade vom Urlaub käme, auch der Beifahrer war entspannt. Er trug Jeans und Sweatshirt, wie die Fahrerin, Sonnenbrille und Baseballmütze wie ein perfekter Grill- und Campingfreund. Dazu kam, dass seine neuen Jeans und seine Turnschuhe schon etwas Schmutz aufgenommen hatten: Wir mussten ja mehrfach durch Adams Pforte krabbeln.

Ein tolles Gefühl, wir konnten uns frei bewegen. Joschi blieb im Auto, und ich besorgte dies und das, fotokopierte die Briefe, brachte sie zur Post, den zweiten per Einschreiben, ein Exemplar an einen Rechtsanwalt, lud meine Prepaid-Karte auf und kaufte noch dies und das ein. Ich kurvte durch den Wedding. „Wo geht's hin?" fragte Joschi. „Ich möchte dir etwas zeigen."

Wir parkten vor der Durchfahrt. Das Vorderhaus war fast unverändert, nur die Fassade war aufgefrischt und die Fenster waren erneuert. Es ist kein Prachtbau aus der Gründerzeit, wie am Prenzlauer Berg, aber schon vom Torweg aus öffnet sich der Blick auf das einzeln stehende zweistöckige Hinterhaus. Es war einfühlsam restauriert, umgeben von Kopfsteinpflaster, aus dem hier und da die Malven sprießten, Nichts mehr erinnerte an eine Schusterwerkstatt.

„Schnell weg, bevor ich weine", rief ich und zog Joschi in Richtung Auto:

„Was ist los?"

„Es wäre eigentlich mein Haus. Erzähl ich dir später." Wir schwiegen noch eine Weile, während ich das Mobil auf der Schönhauser Allee gemächlich gen Norden rollten ließ.

19.

Es war schwieriger, als wir dachten, einen reizvollen Campingplatz zu finden. Die ersten Male fuhren wir, unerfahren wie wir waren, einfach auf das Gelände. Mal senkte sich vor uns ein Schlagbaum, mal wurden wir von hinten per Lautsprecher angebrüllt und zum Verlassen des Geländes aufgefordert. Alles das war unangenehm und in unserer Lage nicht zu empfehlen. Manchmal war der Schlagbaum schon am Eingang des Geländes unten. Wir erfuhren, dass man sich zweckmäßiger Weise lange vorher anmeldet mit Angabe aller Personalien, Autonummer sowieso, Reiseziel, begleitende Haustiere usw.

Es war wie beim Ausleihen des Wohnmobils: Wir schraubten unsere Ansprüche runter, dann klappte es auch. Der erste Platz war ein ausgedienter Acker, an der Einfahrt war ein Kiosk, davor saß eine Frau auf einer Bank, Zeitung lesend. Wir stoppten, ich stieg aus und wir kamen in eine Konversation der Art:

Hallo

Wie lange?

Eine Nacht.

20 Euro.

Ich bezahlte und sah mich um. Sie sagte:

„Waschräume da drüben, Müllbehälter hier vorne, Müll bitte trennen, Flaschen in den Flaschencontainer. Nehmen sie bitte den ersten freien Platz an der rechten Seite. Eine Nacht bedeutet: Bis morgen um 11.“

„Ist doch klar“, sagte ich.

Wir kochten, wie immer, wenn mir nichts anderes einfiel, Spaghetti mit Tomatensoße.

Beim Zwiebelschneiden war Joschi übrigens nicht so nah am Wasser gebaut wie ich. Dann aßen wir an dem schmalen Tisch zwischen den Kojen und tranken reichlich Rotwein dazu. Danach war es immer noch hell, es lag nahe, einen Spaziergang zu machen, allerdings sah die Nahumgebung nicht sonderlich attraktiv aus, dennoch folgten wir einem Feldweg, der auf ein Wäldchen zulief. Es sah aber nur aus der Ferne so aus, in Wahrheit waren es nur drei Baumreihen. Nein, es war wirklich kein attraktiver Campingplatz.

Als wir zurückkamen, hatte sich schon ein kleines Grüppchen von Wohnmobilfreunden neben dem Kiosk versammelt, an Klapptischen sitzend, die ich bei der Ankunft nicht gesehen hatte. Als ich später zu den Waschräumen ging, saßen die meisten noch da, winkten mich heran, aber ich rief: „Heute früh los, total müde, andermal."

Warum erzähle ich so belangloses Zeugs? Wären wir 30 Jahre jünger gewesen, oder auch nur 20, so wäre der Tisch vielleicht abgesenkt worden; wer als letzter vom Waschhaus zurückgekommen wäre, hätte ein leises „O" gehaucht, bevor er unter die Decke gekrochen wäre, ohne sich zur Wand zu drehen, unsere Stimmen würden zarter und klangvoller, die zufälligen Berührungen der Fußspitzen häufiger…

Vielleicht ein andermal. Der Tisch blieb oben. Ich blinzelte unter der Bettdecke, die ich über den Kopf gezogen hatte, hervor und beobachtete, wie Joschi umständlich in seinen neuen Schlafanzug vordrang. Ich löschte mein Licht-auf Joschis Seite funktionierte es nicht- und flüsterte:

„Gute Nacht."

Stille.

„Du wolltest mir von dem Haus erzählen in Berlin im Hinterhof", sagte Joschi. Ja, das passte jetzt gut. So erzählte ich von meiner Kindheit über der Schusterwerkstatt, meinen Eltern, den Klavierstunden, Ballettstunden, und wie ich in die Schauspielerei gerutscht bin.

Ich erwähnte auch, warum die Katze Soscha heißt, wie es war mit meinem ersten Mann, mit dem ich noch ein gutes Verhältnis sowie einen lieben gemeinsamen Sohn Peter habe.

„Mein zweiter Mann hat etwas mit einer Nacht in einem Auto zu tun", gestand ich, „in einem normalen Kombi. Bei Dreharbeiten schliefen wir öfters in Wohnmobilen, aber das war damals etwas ganz anderes. Na ja. Es kam meine erste Tochter Lucy zur Welt und ein gutes Jahr später die zweite, die Rita. Ein Schauspielerehepaar: kennst du ein Beispiel, bei dem das von Dauer ist?"
„Ich kenn mich da nicht so aus", sagte Joschi. Ich erzählte weiter von den ersten glücklichen Jahren mit Robert, wie ich mich jedoch mit der Zeit immer mehr zurückgesetzt fühlte, obwohl ich schon eine beachtete Schauspielerin war, bevor sein Name in der Szene auftauchte. „In unserer kleinen Wohnung mit drei Kindern versauerte ich langsam, während Robert, das muss ich zugeben, eine Art von Filmstar wurde.

Ich sollte erwähnen, dass ich keine Hilfe von meiner Mutter hatte. Unser Haus mit der Schusterwerkstatt hatte sie verpachtet und eine ziemlich teure Wohnung in Friedenau bezogen. Nebenbei: Sie himmelte Robert an, den Minifilmstar. Es war im Jahr 1991, da kam es zum großen Krach. Es war eine optimistische Zeit, die Mauer war gefallen, man glaubte an dauerhaften Frieden, auch ich fand, dass es an der Zeit sei, die Existenz unserer kleinen Familie abzusichern. Für Künstler mag sich das etwas spießig anhören. Robert bekam ein Angebot aus Hollywood, eine Rolle in einem Wildwest-Film. Der Streifen war wohl nicht so doll, er lief hier nur kurz, aber unsere bunten Blätter wurden doch aufmerksam. In einer Zeitung war ein Bild mit dem Titel „Zweimal Robert" zu sehen. Der andere war Robert Redford, wenn du weißt, wer das ist, und das Bild war getürkt. Egal, mein Mann Robert kam mit zwei Koffern zurück. Der eine war der, den er mit nach Amerika genommen hatte mit demselben Inhalt, in dem anderen befand sich seine Wildwest-Kluft. Er hatte sich eine eigentümlich passende Gangart angewöhnt, wie ein Cowboy, der auf einen Saloon zuschreitet. „Hast du wenigstens etwas Geld mitgebracht", fragte ich. Darauf schwieg er geheimnisvoll. Wenige Tage später, es war ein sonniger Nachmittag Mitte August, stürmte er aufgeregt in die Wohnung und rief:

„Schau mal aus dem Fenster."

„Aus welchem?"

„Na vorne, auf die Straße."

„Ich seh da nichts."

„Der Wagen!"

„Welcher Wagen? Unser ist da nicht."

„Unser, unser, den du meinst, der ist schon abgemeldet."

„Du hast Recht, wir brauchen keinen, aber du hättest mich wenigstens fragen können."

„Wir brauchen einen und haben einen, und was für einen. Nun schau doch mal genau, von denen die du siehst, welche Karre ist die geilste?"

Mir schwante schon Übles. Auf der Straße stand ein roter Porsche Cabrio - oder so ähnlich- gut vorstellbar, dass Robert den geil fand. Ich sagte:

„Ich seh da einen Wagen, den wir nicht brauchen können, denn wir sind zu viert oder fünft, und der hat nur zwei Sitze."

„Hinten sind zwei Kindersitze", murmelte Robert, jetzt schon ein wenig kleinlaut. Deswegen legte ich gleich nach. „Hast du vielleicht mitgekriegt, wie groß unsere Töchter sind? Lucy ist 12 und Rita 11, bald sind sie junge Damen. Nein, der Herr ist ja kaum zuhause."

„Kaum zuhause, sagst du. Einer muss ja das Geld ranschaffen!"

„Welches Geld? Was nützt das Geld, wenn du es sofort verplemperst, wir hätten uns zum Beispiel eine Wohnung kaufen können."

„Wir haben eine Wohnung."

„Sehr witzig! Herr Westentaschencowboy!"

Wie du weißt, Joschi, waren Wohnungen damals sehr billig. Mit dem Geld, was der Superporsche kostete, hätten wir eine Immobilie in Spitzenlage finanzieren können, vielleicht etwas renovierungsbedürftig, aber das wäre auf die Dauer kein Problem gewesen. Zum Glück waren die Mädchen nicht zuhause, und Peter war bei seinem Vater.

Als ich genug Dampf abgelassen hatte, versuchte Robert, mich zu einer Rundfahrt durch Berlin zu überreden, vom Kudamm bis zu den Linden, oder so, aber ich weigerte mich konstant. Dann stürzte meine Mutter aufgeregt herein: „Da draußen steht ein toller Wagen", schwärmte sie. „Rat mal, wem der gehört!" prahlte Robert, der sich nach meinen Kränkungen (den wohlverdienten) wieder etwas gefangen hatte. „Dir etwa, das hatte ich gehofft", rief meine Mutter. Ich überließ ihr das Vorrecht, als erste mit Robert im offenen Porsche durch Berlin zu rollen. Sie strahlte vor Glück, verschwand aber vorerst im Bad, um sich zurechtzumachen. Nach einer halben Stunde saß sie mit ziemlich roten Lippen, Kopftuch und Sonnenbrille (vermutlich sehr teuer) endlich neben Robert im Porsche, der sich röhrend davon machte. Na gut, das wäre noch nicht das Ende, aber Roberts Karriere hatte den Zenit überschritten. Plötzlich waren da Kollegen mit Ossi-Vergangenheit, und die waren gut, meistens auch nett. Robert meinte: Die machen sich breit, ich meinte: Die haben es verdient. Ich brannte darauf, wieder aufzutreten, aber wer sollte die Kinder betreuen? Wie ich schon sagte, war meine Mutter nicht hilfreich, und Roberts Mutter war es schon gar nicht.

Nach etwa zwei Monaten blieb Robert zum ersten Mal die ganze Nacht weg. Er erzählte was von wichtigen Besprechungen, ich sagte. Ach so, und machte mir nicht die Mühe, nach verräterischen Indizien zu suchen. Es passierte dann immer häufiger: Endlich kaufte ich einen neuen Zylinder für das Schloss unserer Wohnungstür und wechselte den, als er wieder mal nachts unterwegs war, gegen den alten aus. Als er nachhause kam, waren die Kinder schon in der Schule. Er polterte im Treppenhaus herum, und ich schrie: „Du kannst Dir morgen Nachmittag deinen Krempel abholen. Ich bin dann weg mit den Kindern. Der Schlüssel ist bei der Nachbarin, deine Cowboyklamotten liegen schon auf der Straße." Das wars."

„O ha", bemerkte Joschi, „aber was war mit deiner Schusterwerkstatt?"

„Ich blieb in der Wohnung und musste überleben. Unterhaltszahlungen von Robert versiegten langsam. Hier und da bekam ich wieder eine Rolle, manchmal jobbte ich nebenbei, zum Beispiel als Taxifahrerin, oder als Model. Das konnte lukrativ sein.

Einmal entdeckten meine Töchter in einer U-Bahnstation ihre Mutter, abgebildet auf einer riesenhaften Leuchtreklame, bekleidet allerdings nur mit Reizwäsche. O weh, ich musste versprechen, solche Jobs nicht mehr anzunehmen.

Ich kämpfte mich durch, bis Peter sein Abitur machte. Da wollten meine Mädchen auch mit der Schule aufhören. Sie könnten nicht mit ansehen, wie ich mich abkämpfe, sie wollten eine Lehre anfangen, mich entlasten, wie sehr ich es auch versuchte: ich konnte sie nicht davon abbringen. Lucy machte ihre Ausbildung am Finanzamt und Rita in einem Architekturbüro, weil sie Freude am Zeichnen hat. Da arbeitet sie immer noch, allerdings als Ehefrau des Juniorchefs. Lucy heiratete auch einen Kollegen. Die beiden sind jetzt selbständige Steuerberater. Du siehst, meine Töchter haben ihre natürlichen Gaben besser eingesetzt, als ich."

Joschi schwieg eine Weile. Dann sagte er: „Ich habe Geld, jedenfalls genug zum Leben, aber du bist reich, innerlich irgendwie, mit drei Kindern und fünf Enkeln. Was Macht dein Ältester?" „Er hat studiert, unser Philosoph, er unterrichtet am Gymnasium. Das hat er nicht von mir. Das hat er von seinem Großvater, der war nicht nur Schuster, sondern auch Bücherwurm. Ach ja, die Schusterwerkstatt, unser Haus, davon wollte ich ja erzählen. Ich muss etwas ausholen:

Als meine Kinder aus dem Haus waren, zog ich in eine kleinere Wohnung, nämlich dorthin, wo meine Freundin Anna jetzt noch wohnt, die hoffentlich reibungslos deine Bankkarte in Empfang nehmen kann. Vor zehn Jahren starb meine Mutter. Meine Tochter Lucy half mir, die Hinterlassenschaft zu sichten, und das war schwierig genug. Es stellte sich schnell heraus, dass sie weit über ihre Verhältnisse gelebt hatte. Es gab Schulden über Schulden, und auf das Haus meiner Kindheit, du weißt schon, welches, hatte sie so viele Hypotheken aufgenommen, dass uns nichts anderes übrig blieb, als es zu verkaufen. Einen kleinen Rest meines Erbes hat Lucy für mich angelegt, das ist meine eiserne Reserve, die ich nicht anbreche.

Das ist vergessen, aber ich habe viel geweint. Immerhin hat mir meine Mutter etwas Schönheit vererbt, und davon habe ich auch profitiert. Übrigens, aus dem Haus in Moabit, wo Anna noch wohnt, sollten alle raus; es hatte den Eigentümer gewechselt, der neue wollte aufwendig renovieren und den Einwohnern ihre Bleibe als wahnsinnig überteuerte Eigentumswohnung anbieten. Anna blieb als einzige hart und rührte sich nicht vom Fleck. Vielleicht hatte sie Recht, denn im Moment stagniert das ganze Projekt.

Ich war nicht so mutig und zog in die Gartenlaube.

Und du? Joschi der Laubenpieper", kicherte ich.

Er war ganz still, wie einer, der an die Decke schaut und philosophiert.

20.

Wir fuhren geruhsam weiter nach Norden, das heißt, ich fuhr, denn Joschi hatte ja keinen Führerschein dabei. Säße er am Steuer, so wäre jede auch noch so harmlose Kontrolle durch die Polizei verhängnisvoll. Wir zockelten gerade durch Neubrandenburg, da rief Joschi: Stopp mal. Er hatte einen Fahrradladen gesehen. Nach einer halben Stunde setzten wir unsere Reise fort mit zwei Rädern am Heck. Seines war absolut kein Superbike, aber bequem zu fahren.

Wir landeten in Ueckermünde. Die schönen Plätze am Haff waren natürlich belegt, aber weiter im Landesinneren wurden wir noch fündig; wir konnten sogar acht Tage bleiben, dann musste ich das Wohnmobil ohnehin zurückbringen.

Mein Handy erklang: „Mama. Wo bist du denn, ich bin grad im Garten, da ist alles dicht, und es sieht verlassen aus." „Ach Rita, das ging ganz plötzlich, Anna hat eine kleine Pension auf Usedom ausfindig gemacht. Es ist wunderschön hier." „Wann kommt ihr zurück, wir wollen am 12. los." „Weiß ich doch, ich komme rechtzeitig, um euch zu verabschieden, keine Angst. Ach so, könntest du für Soscha noch was zum Essen rausstellen, und ein bisschen frisches Wasser. Eigentlich schlägt sie sich auch so durch." So oder ähnlich plätscherte unser Gespräch daher. Das mit Anna war natürlich gelogen, mit Usedom sowieso, aber die Richtung von Berlin aus stimmte einigermaßen. So lügt es sich leichter. Als ich dann auch Lucy anrief, hatte sich meine Geschichte schon wie ein Hauch von Wirklichkeit in meinem Kopf breitgemacht.

Als nächstes rief Joschi den Anwalt an, bei dem er eine Kopie des Briefs für den Rausschmiss seines Sohnes aus seinem Haus hinterlegen wollte. Ich sage: hinterlegen wollte, und nicht: hinterlegt hatte, denn es gab eine Überraschung: Zunächst ein längeres Hin und Her mit Warteschleifenmusik zur Verbesserung der Laune und Verminderung meines Kontos, bis sich endlich der Anwalt selbst meldete:

„Spreche ich mit Herrn Eilers?"

„So ist es."

„Hören sie, Herr Dr. Eilers, ich kann leider nichts für sie tun, mir sind die Hände gebunden."

„Wie bitte?"

„Es gibt da einen Interessenkonflikt. Ihr Sohn bereitet ihre Entmündigung vor, und ich vertrete ihn in der Sache. Nennen sie mir doch ihren Aufenthaltsort, dann kann ich was für sie tun."

„Das werde ich ganz bestimmt nicht machen. Sagen sie mal: Halten sie mich für balla balla?"

„Äm, äm, ich bin Jurist, das muss ein Psychiater beurteilen, und da liegt bereits ein Gutachten vor."

„Vielleicht von Dr. Pratt?"

„Ich darf ihnen da keine Auskunft erteilen. Ich rate ihnen, nehmen sie sich ihrerseits einen Anwalt."

„Gruß an ihren Mandanten, er wird es noch bereuen, richten sie ihm das aus", schrie Joschi in mein Handy, und legte auf.

„Weißt du, er ist eigentlich nicht so böse", sagte Joschi, „ich glaube, sein Problem ist, dass er nie eine ernsthafte Beziehung hatte. Jetzt steht er unterm Pantoffel dieser Spinatwachtel." Spinatwachtel, das fand ich lustig. Ich hatte ja nur eine sehr kurze Begegnung mit ihr, aber eine intensive.

Wir luden die Fahrräder ab. Joschi meinte, dass er da mal vorsichtig anfangen müsse: „Lange nicht gemacht." „Ist schon klar." Wir wählten zunächst einen kleinen autofreien Weg in der Nähe. Das Anfahren war schwierig, Joschi eierte bedenklich hin und her, aber mit etwas mehr Geschwindigkeit ging es, es ging immer besser, und nach einer Weile wollte Joschi gar nicht mehr aufhören. Er stieg auf und ab, fuhr mal schnell mal extra langsam, weite und enge Kurven und mit einer Hand. Am Abend war er so weit, dass wir schon einen kleinen Ausflug wagen konnten. Was das Ziel betraf, waren wir uns sofort einig: Ein gutes Gasthaus.

Das war der Auftakt zu sehr entspannten Ferien, wie ich sie lange nicht erlebt hatte. Täglich radelten wir ans Haff, mal bummelten wir durch Ueckermünde, mal fuhren wir zum Strand, wanderten am Ufer oder legten uns in die Sonne, wenn sie nicht zu sehr brannte. Ab und an traute ich mich auch in die See, die noch recht frisch war. Joschi war zwar im Besitz einer neuen Badehose, die er im Ort erworben hatte, aber es war ihm noch zu kalt. Die ersten Abende waren wir richtig schön müde und schliefen ein, sobald wir uns hingelegt hatten.

Später hatten wir uns an unseren Rhythmus gewöhnt und quasselten noch lange, in unseren Kojen liegend. „Es waren denn ja viele Jahre in deiner Wohnung in Moabit", bemerkte Joschi. „Siebzehn, genau genommen. Fast so lange, wie über der Schusterwerkstatt in meiner Kindheit, aber vom Gefühl her ist es kein Vergleich. Dennoch, ich hatte auch eine gute Zeit in Moabit: Hier und da eine Rolle, Die Hochzeiten meiner Töchter, die Enkelkinder, die ich heranwachsen sah, nicht zuletzt meine Freundschaft mit Anna, die sich erst in den letzten Jahren entwickelt hat." „Ich bin gespannt, wie es da aussieht", sagte Joschi. „Das wirst du sehen, wenn wir deine Bankkarte abholen. Hoffentlich hat das geklappt. Im Voraus erzähle ich dir eine Geschichte, in der die Straße eine Rolle spielt. Ich habe sie schon öfters zum Besten gegeben.

21.

Die Straße in Moabit, in der ich eine Wohnung gefunden hatte, weist keinerlei Besonderheit auf: Eine Nebenstraße, vierstöckige Häuser aus Backstein beiderseits. Auf meiner Seite darf geparkt werden. So etwas findest du in jeder größeren Stadt. Ungewöhnlich war nur der Vorgarten zum Haus gegenüber, ich sage war, obwohl, etwas Spezielles zeichnet ihn immer noch aus.

Also, dieser Garten ist nur gut zwei Meter breit. Getrennt vom Gehsteig wird er durch ein Mäuerchen aus Natursteinen, das jedes Kleinkind herausfordert, es zu besteigen um allein oder am Händchen vom einen zum anderen Ende zu stapfen. Auch innen lagen flache Sandsteine, die aber keine Ordnung mehr erkennen ließen, so üppig hatte sich die Natur des kleinen aber sonnigen Stückchens Erde bemächtigt. Ich bin kein Gärtner und konnte nicht die Blümelein alle benennen, die da hervorsprießten, aber die Namen, die ich kannte, beliebte ich auszuschmücken: Schüchterne Schneeglöckchen und Märzbecher, treue Veilchen, liebe Vergissmeinnicht, lustige Narzissen, stolze Tulpen, füllige Christrosen, verführerische Hyazinthen. Es war interessant, zu beobachten, wie je nach Jahreszeit die einen oder die anderen das Gärtchen dominierten. Besonders liebte ich die Flut der Akeleien. Da fielen mir zwei Zeilen aus einem Gedicht ein, das ich irgendwo gelesen hatte:

Verweil, als ob die Uhren Pause hätten

im Blütenzauber, frag nicht nach dem Sinn.

Gibt es denn einen anderen Sinn, als das Leben und das Zusammenleben in der Natur? Zum Hochsommer und zum Herbst hin kleidete sich der Garten wieder neu: Die Hummeln brummten in Büscheln von Lavendel und Katzenminze, dazwischen hier und da eine Malve, Eisenhut sorgte für ein spätes Blau und einige Wildrosen verbreiteten den Duft ihrer Blüten. Ihre Hagebutten waren noch weit in den Herbst hinein eine Zier.

Nun könnte man meinen, ein solchen Paradies entstünde, wenn nur die Natur selbst waltet, und das mag unter besonders günstigen Bedingungen auch der Fall sein, aber meistens ist es, wie in der menschlichen Gesellschaft: Es bedarf einer ordnenden Kraft, allerdings, je weniger diese spürbar ist oder für Gleichmaß sorgt, desto besser ist es. Die ordnende Kraft war ein sehr betagtes Mütterchen, das einen Hocker mit sich schleppte, und darauf sitzend hier ein wenig schnippelte, da ein wenig zupfte oder mit einer kleinen Hacke den Boden lockerte. Ich sprach sie an, nannte ihren Garten wunderbar, und sie antwortete: „Ja, a, von der Wiege bis zur Bahre", oder ich sagte: „So schön, die Lilien", und sie antwortete: „Ja, ja, die liebe Familie", und pflückte mir ein kleines Sträußchen.

Dann folgte ein Sommer, in dem die alte Dame nicht mehr zu sehen war. Das Gärtchen war immer noch wundervoll, aber schon breiteten sich einige Pflanzen aus, die sich mehr durch Robustheit als durch Blütenzier auszeichneten. Im Herbst erfuhr ich, dass die Betreuerin des Gartens nunmehr in einem Altersheim wohne.

Es dauerte nicht lange, da wurde auf dem Gehsteig vor dem Haus mit bunten Bändern ein Areal eingezäunt, ein Lastwagen fuhr hinein, bestückt mit einem Bagger, der sofort ganze Arbeit leistete. Im Nu waren alle Pflanzen abgegraben und verladen, das ganze Gelände wurde eingeebnet und mit einer Schicht aus schwarzen Krümeln bedeckt bis auf drei kreisrunde Flecken. Dann kam eine Abdeckfolie, die über den runden Flecken ausgeschnitten wurde, um darein drei Kirschlorbeerbüsche zu setzen. Über alles ergoss sich eine Schicht aus Kiesel, etwa 20 cm dick. Ein Mann, den ich vom Sehen kannte, denn er wohnte in dem nämlichen Haus, dirigierte die Aktion mit einem Zollstock, klappte ihn auf und zu oder pendelten ihn hin, her und kreisförmig. Ich schlich mich heran und bemerkte: „Echt zeitgemäß, die Gestaltung." Er wusste natürlich nicht, was er von meiner Einlassung halten sollte und murmelte schließlich: „Sehe ich auch so."

Von da an radelte ich öfters in die freie Natur hinaus und suchte an Wegrändern und in Straßengräben nach allem, was blühte, konnte fast nichts benennen, aber es erfreute mich. Und doch, zwei Pflanzen kannte ich, die in der Skala der Beliebtheit weit unten rangieren. Daher nahm ich mich ihrer besonders an: Distel und Löwenzahn. Ich sammelte eine schöne Kollektion von Kletten, legte dazu einen Haufen Pusteblumen und verstaute alles vorsichtig in eine Tüte.

In der Nacht um zwei Uhr schlich ich zu dem ehemals geliebten Garten, wühlte an geeigneten Stellen die Kiesel zur Seite, durchstach mit meinem Küchendolch die Folie, grub noch ein wenig tiefer und setzte abwechselnd eine Klette oder pustete meinen Löwenzahn hinein. Zum Glück war niemand auf der Straße, aber ein Auto kam und parkte gegenüber, während ich hinter dem kleinen Mäuerchen auf dem Bauch lag und überlegte, wie ich meine Lage rechtfertigen könnte. Zum Glück verschwand der Fahrer in anderer Richtung. Ich wühlte sorgfältig die Kieselschicht wieder zu und genoss den zweiten Teil meiner Bettruhe.

Ihr könnt meine Freude ermessen, als ich im nächsten Frühjahr bemerkte, dass sich kräftige Triebe durch den Kiesel bohrten, die sich still und heimlich zu stattlichen Disteln und vergnügten Pusteblumen auswuchsen. Da erst bemerkte es der vortreffliche Gestalter des neuen Vorgartens, hieb mit einem Küchenbeil auf die Disteln ein, dem Knaben gleich, und zupfte an den Pusteblumen, aber es nützte nichts, meine Disteln kamen immer wieder, wurden kräftiger, breiteten sich aus, und reichlich verschwendete der Löwenzahn seine Flugobjekte.

22.

Wir mussten zurück, so schwer uns das fiel. Wir hatten schon ge-
frühstückt, die Fahrräder befestigt und einen letzten Gang zum
Waschhaus gemacht. Zwei Plätze neben uns stand ein prächtiger
Caravan, der von einem Paar in unserem Alter bewohnt wurde.
Er stand schon da, als wir kamen. Höflich wie wir sind, winkten
wir den beiden zu, vermeldeten, dass wir jetzt heim müssten und
wünschten den beiden noch einen wunderschönen Aufenthalt.
Vielleicht waren wir zu verbindlich: Wir wurden dringend gebeten uns noch einen kurzen Augenblick zu ihnen zu setzen, auf
ein Gläschen Orangensaft, zum Beispiel, wenn wir keinen Kaffee
wollten. Es war eine Zwickmühle. Barsche Weigerung war genau
so schlecht wie Vertraulichkeit. Letztlich sagten wir: „OK, für ein
Momentchen." Der Klapptisch unter dem beeindruckenden Vor-
dach des Mobils wurde mit zwei weiteren Stühlen umstellt, auf die
wir uns niederließen, nicht wirklich, sondern mehr auf der Vor-
derkante. Heike und Herbert, so machten sie sich sofort bekannt,
während Orangensaft aus einem Pappbehälter in unsere Gläser
floss. Normal wäre jetzt halbe halbe angesagt, Sekt, hätten wir da,
meinte Herbert, aber ihr müsst ja fahren.

Ich sah an Joschis Gesicht, was er von dieser Art von Vertraulichkeit hielt, musste grinsen, und dabei fielen mir Namen ein:
„Gudrun und er heißt Gustav". „Hallo Gudrun, Hallo Gustav."
„Drollig", meinten die Anderen. „Genau", sagte ich, „wenn wir
Freunde besuchen, heißt es immer: Gugus sind da." Während wir
belangloses Zeugs quatschten, düdelte ein Radio, informierte uns
über die Verkehrslage und versorgte uns mit Durchsagen aller Art,
und da kam es: Gesucht wurde ein Herr Joachim Eilers. Achtung:
Der Herr ist dement. Er ist vermutlich mit einer Frau unterwegs.
Das Paar ist möglicherweise gewalttätig. Meldungen bitte an……
Es folgten verschiedene Möglichkeiten, wo man anrufen könnte,

wenn man etwas dazu berichten könnte. Joschi reagierte sofort: „Donnerwetter, Bonny und Clyde, aber schon dement." Dann lächelte er. Heike schaute in die Runde und bemerkte: „Sowas soll es geben, demente Männer, die zu Gewalt neigen." „Was schaust du mich so an", rief Herbert. „Überhaupt nicht", widersprach Heike. Um abzulenken, sagte ich: „Vor einigen Jahren habe ich so etwas erlebt: Ich fuhr mit dem Rad auf einer schmalen Straße und überholte einen älteren Fußgänger, der an der rechten Seite ging. Plötzlich steckte der seinen Handstock zwischen meine Speichen. Ich stürzte fürchterlich. Später hieß es, ich könnte den Kerl nicht für meinen Schaden haftbar machen, denn der sei dement. Nicht Gustav, du erinnerst dich." Joschi nickte, und Herbert wurde philosophisch: „Ich sage euch, die Zeiten werden immer schlimmer, hier im Osten erst recht."

Wir steigerten uns hoch in unserem Gespräch, immer einig, was alles falsch liefe im Land: Grenze zu Polen zu offen, zu viele Flüchtlinge, Südländer, die von unseren Steuergeldern leben, zu viel Bio, Öko und Greta. Ich quatschte munter mit, bis Joschi mir einen leichten Tritt verpasste. Das sollte wohl bedeuten: nicht übertreiben. Da lenkte ich ein: „Obwohl, ich habe kürzlich Bio-Tomaten im Hofladen gekauft, die waren echt lecker". „Klar Gudrun, die können schon mal ganz lecker sein, aber die Preise, das musst du auch mal bedenken." Es half nichts, wir mussten noch allerlei Unsinn reden, bis wir endlich wagten, zum Aufbruch zu blasen.

Das ging nicht ab ohne das obligate Austauschen von Adressen (weil wir uns auf einer Wellenlänge unterhalten hätten). Ich schrieb: Gudrun und Gustav Krüger, Kastanienallee 19, 13315 Berlin auf einen Zettel, den Heike mir hingelegt hatte. Was auf ihrem Zettel stand, weiß ich nicht mehr, denn wir haben ihn nach der zweiten Kreuzung im Winde flattern lassen.

Wir fuhren ohne Hast, überholten nie und steckten meist in einer Kolonne von anderen Wohnmobilen, vielleicht heißen die Dinger deswegen auch Caravan. Bei der Ankunft-es war schon sehr spät- erwies sich Adams Pforte, die zum Bau unserer Kanalisation installiert wurde und durch die wir geflohen waren, mal wieder als nützlich. Joschi schloss sein Rad an einen Laternenpfahl, wir luden alles aus und gönnten uns in der Laube einen gemütlichen Ausklang unserer Reise.

Am nächsten Tag gab es allerhand zu tun: Ich brachte das Wohnmobil zurück, dann fuhr ich zu Rita und Holger: Die hatten schon ihren SUV bepackt, wollten aber erst am Abend los, um Staus zu vermeiden. Ich blieb noch ein Weilchen, herzte und küsste meine Lieben, und sie riefen: Pass auf dich auf, ohne dass sie wussten, wie nötig ich die Ermahnung hatte.

In der Laubenkolonie herrschte eine gewisse Sommerträgheit. Viele Laubenpieper waren in die Ferien gefahren, und selbst Heino, der Oberschreber, lag meistens träge auf einem Liegestuhl. Für Joschi war es allein in der Hütte etwas langweilig, also spazierte ich mit ihm (und meinem Rad) einfach durch den Haupteingang der Kolonie raus, er nahm auch sein Rad, um ein bisschen rumzufahren, und ich machte mich auf den Weg zu Anna, nicht ohne eine Verabredung zum Lunch zu treffen. Ihr müsst bedenken, dass Joschi kein Handy hatte, und er konnte auch an keines kommen, denn um entsprechende Quellen zu nutzen, fehlte ihm einfach die Chuzpe.

Wir trafen uns in einem netten Bistro in der Nähe des Gendarmenmarktes. Anna war etwas verdutzt, als sie meinen Begleiter in seinen Freizeitklamotten mit der bescheuerten Baseballmütze sah, für den sie die Bankkarte in Empfang genommen hatte, zumal ich sie schon aufgeklärt hatte, dass Joschi quasi untergetaucht wäre, aber Joschi stellte sich gleich vor, ohne dass sein Name am Nachbartisch zu hören war, und sagte: „Ach, Sie sind die Pianistin, von der ich schon so viel gehört habe." Wir saßen etwas abseits und unterhielten uns leise. Anna sagte, dass der Empfang der Bankkarte dank der Vollmacht problemlos verlaufen wäre, wir erzählten von Joschis Gefängnis und seiner Flucht. Anna, die zunehmend

Gefallen an Joschi fand, sagte: „Da wäre ich gerne dabei gewesen, allerdings, schnell laufen ist auch nicht mein Ding, außerdem war ich an dem Abend bei einem Hauskonzert." Das sollte sich noch als wichtig erweisen.

Auf dem Heimweg kauften wir wieder ein Exemplar der Zeitung, in der schon die erste Meldung von Joschis Flucht erschienen war, und fuhren arglos zur Laube zurück.

Ein schwerer Fall von Kindesmissbrauch?

Die Schwiegertochter des Rentners Joachim Eilers erhebt schwere Vorwürfe gegen den Flüchtigen (wir berichteten am 3.7.). Herr E. habe sich ihrem Sohn mehrfach unsittlich genähert und sich an ihm vergriffen. Wer weiß etwas über den Aufenthalt von Joachim E.?

Er ist dement und gewalttätig. Er wird möglicherweise von einer Komplizin begleitet.

Meldungen an jede Polizeidienststelle.

Es folgte noch ein Hinweis auf einen lokalen Nachrichtensender.

Die Meldung im Lokalteil der Zeitung war nicht zu übersehen. Ich musste Joschi festhalten, so zitterte er, sein Herz raste und er schäumte vor Wut: „Dieses Aas, dieses Aas", hauchte er, während ich ihn langsam auf die Couch bugsierte.

Nachdem er sich etwas beruhigt hatte, schrieb er einen kurzen Brief:

Sehr geehrte Redaktion,

Ich bin weder dement noch gewalttätig, noch verspüre ich die geringste Neigung, mich an Kindern zu vergreifen.

Ihr Joachim Eilers

Den Brief steckte ich am nächsten Morgen in einiger Entfernung von der Laubenkolonie ein.

23.

Die Sendung war am Nachmittag. Auf dem Bildschirm erschien eine junge Frau, die mit fröhlicher Stimme allen Hörerinnen und Hörern einen wunderschönen Montagnachmittag wünschte, aber schon verfinsterte sich ihre Miene. In unserer heutigen Sendung müssen wir uns leider beschäftigen mit Themen, die wir am liebsten aus dieser Welt für immer verbannen möchten: Es geht um nichts weniger als häusliche Gewalt und Missbrauch an Kindern. „Sie meint vermutlich: nicht weniger als", murmelte Joschi, „dumme Blödzicke, die!" „Mein Name ist Elke Sundermann, und hier sind meine Gäste", fuhr die Blödzicke fort, bevor die Gäste nacheinander in Großaufnahme gezeigt wurden.

Herr Kriminalkommissar Evers.

Herr Polizeimeister Brock.

Herr Privatdozent Dr. Pratt. Leiter einer Psychiatrischen Klinik.

„Das ist der Schwachkopf", rief Joschi.

Herr van der Tip, Journalist.

Last not least, Familie Eilers mit Anja, Karl und Marco.

Außerdem ist hier noch Marcos Freund Ulf mit seiner Mutter, Frau Hemmrich.

Marco war mit einem Tarnanzug bekleidet und hatte eine Spielzeugpistole dabei.

„Herr Brock, erzählen sie doch bitte von dem Vorfall", begann Frau Sundermann. Der Polizist räusperte sich, machte sehr präzise Angaben, was Datum und Uhrzeit betraf, und wies auf die Empfehlung, einen Arzt zu rufen, hin. Allerdings sei bei niemandem eine Körperverletzung festgestellt worden. „Aber sie hat mich doch verletzt", rief Anja. Aber Karl fuhr gleich dazwischen: „Das war doch viel später, als der Vater mit der Komplizin ausgebrochen war und du sie festhalten wolltest." „Ja, da hat sie mich getreten, und ich hatte einen riesigen blauen Fleck", jammerte Anja. „Volltreffer", murmelte ich, und „gut so", sagte Joschi. Frau Sundermann fuhr fort:

„Herr Dr. Pratt, sie haben Herrn Eilers ja gleich nach dem Vorfall ärztlich betreut. Was war ihr erster Eindruck?" „Ja, ja, das hat jetzt mit dem blauen Fleck nichts zu tun. Mein erster Eindruck war, dass Herr Dr. Eilers unter schweren Psychosen litt. Er reagierte auf jedes tiefer gehende Gespräch zwischen Arzt und Patient, oder von Mensch zu Mensch, sollte ich besser sagen, abwehrend, wie einer, der etwas zu verbergen hat, und er hatte etwas zu verbergen, das war mir sofort klar- ich habe schließlich eine beachtliche Berufserfahrung als Psychiater- es gab da etwas, das tief in seine Kindheit verwurzelt ist. Ich hatte ja die Gelegenheit, dass mir Herr Eilers zum zweiten Mal...."

Hier wurde Herr Pratt unterbrochen. Als Moderatorin dürfe sie auf den Missbrauch nicht kommen, solange die Kinder noch im Raum wären. Sie sagte:

„Herr van der Tip, lesen sie uns doch bitte den Brief vor, den Herr Eilers an Ihre Zeitung geschrieben hat." „OK."

Sehr geehrte Redaktion,

Indem ich die Feder ergreife, in völliger Ruhe und Zurückgezogenheit, gesund übrigens..

Weiter kam er nicht, denn Dr. Pratt hakte sofort ein: „Ein Psychopath! Welcher gesunde Mensch schreibt denn so?" „So schreibt ein gewisser Thomas Mann, und jetzt lassen sie mich bitte den Brief zu Ende lesen." Sagte der Journalist und warf gleich danach die Frage auf, warum Herr Eilers nicht ein- und ausgehen durfte. Es ist doch schließlich sein eigenes Haus. Jetzt war Herr Karl Eilers dran, und der stotterte etwas rum von Gefahr im Verzug. Man habe ja die Gewalttätigkeit gegenüber seiner Frau mitgekriegt. Der Kommissar Evers meinte, dass die Sache juristisch allerdings sehr schwierig sei. Es müsste zunächst ein Entmündigungsverfahren eingeleitet werden, und das wäre langwierig. „Das ist ja eingeleitet", sagte Karl. „Und dann sperren sie ihn im Vorgriff einfach weg. Wie ging das überhaupt von statten?" rief Herr van der Tip. „Nebenbei, ich würde gerne bei ihnen vorbeischauen und ein paar Fotos machen: Wo und wie Herr Dr. Eilers gelebt hat, ohne ausgehen zu können, der spektakuläre Ausbruch, alles das interessiert unsere Leser."

Karl reagierte etwas nervös: Nein, das könne er auf keinen Fall zulassen, das wäre ihre Privatsphäre. Indessen drängte Frau Sundermann zur Eile. „Bevor wir zu dem eigentlichen Thema kommen, möchte ich Ulf bitten, uns etwas über seinen Freund Marco zu erzählen. Ulf ließ sich nicht lange bitten: „Cool! Ich bin im Fernsehen! Also Marco ist eigentlich nicht mein Freund. Alle haben gleich gemerkt, er ist der totale Vollpfost…" Weiter kam er nicht, denn Frau Sundermann rief: „Bitte, Frau Hemmrich, wenn sie jetzt mit den Kindern rausgehen würden." Es gab etwas Unruhe, denn Marco richtete seine Pistole auf die Moderatorin und drückte mehrfach ab. Es war eine erstklassige Spielzeugpistole, die ordentlich knallte und rauchte. Frau Sundermann bemerkte unter Röcheln: „Da sehen wir, wie gestört der Junge durch diese Missbrauchserlebnisse schon ist", und nach einer Pause hauchte sie: „Herr Eilers, würden sie uns erzählen, wie sie das skandalöse verhalten ihres Vaters bemerkt haben."

Karl errötete: „Also, irgendwie, also nicht so direkt." „Dann bitte Frau Eilers. Wenn sie etwas dazu sagen könnten." Anja schreckte auf, sah ihren Mann erzürnt an und schrie: „Warum sagst du denn nichts und lässt mich allein, wie immer." Dann fing sie an zu heulen, und das beherrschte sie ziemlich gut. Alle waren betroffen, bis Dr. Pratt sich zu Wort meldete: „Herrschaften, ich habe ja nun den Jungen eingehend untersucht und befragt. Mein umfangreiches Gutachten kommt zu einem sehr eindeutigen Ergebnis.

Im Übrigen habe ich hier eine Situation vorgefunden, die gar nicht so selten ist: Ich konnte fest davon ausgehen, dass Dr. Eilers selbst Opfer sexueller Gewalt durch seinen Großvater geworden war. Hier stütze ich mich auch wesentlich auf Aussagen seines Sohnes." Darauf meldete sich Herr Evers, der Kriminalkommissar, zu Wort: „Herr Dr. Pratt, so einfach ist das nicht. Selbst wenn wir Herrn Dr. Eilers fassen, müssen wir ihn nach 24 Stunden wieder laufen lassen. Die Staatsanwaltschaft wird mindestens ein zweites Gutachten verlangen, bevor sie irgendetwas unternimmt." Darauf schaute Dr. Pratt etwas zerknirscht drein, und Frau Sundermann nutzte die Gelegenheit, um zum letzten Punkt zu kommen: „Herrschaften, die Zeit drängt, Herr Evers, wie sieht es aus mit der Suche nach Herrn Dr. Eilers?" „Wir sind dran, wir sind dran und verfolgen alle Spuren. Details darf ich Ihnen natürlich nicht sagen." „Hat man schon die Kontobewegungen von Dr. Eilers verfolgt?" fragte der Journalist. Darauf reagierte Karl ziemlich erschrocken, während Herr Evers sagte: „Wollen sie mir erklären, wie Polizeiarbeit geht?" „Entschuldigung, reine Berufsneugier", antwortete Herr van der Tip.

Das war's denn schon. Frau Sundermann zwitscherte: „Ich danke Ihnen, meine Herrschaften, für diese Runde. Leider ist unsere Zeit um, und wie Sie gesehen haben, es sind noch viele Fragen offen. Ich danke auch allen Hörerinnen und Hörern der Sendung Lokalzeit Berlin Nord. Jeder Hinweis zu diesem Fall ist willkommen. Tschüs und auf Wiedersehen bis zum nächsten Montag um dieselbe Zeit."

„Na ja", meinte Joschi, „der Zeitungsfritze und die Polizisten waren ja ganz vernünftig."

24.

Geruhsame Tage, Ferienzeit. Auch Adam war zu seiner Familie nach Stettin gefahren. Öfters besuchte ich Lucy, um sicher zu gehen, dass sie uns nicht unerwartet in der Laube aufsucht, denn ich hatte ihr natürlich nichts von Joschi erzählt. Tagsüber fuhren wir ein bisschen durch Berlin. Einmal beschlossen wir, Anna zu besuchen, aber als wir bei ihrem Haus ankamen, stand an der gegenüberliegenden Straßenseite ein Polizeiwagen, und so fuhren wir, ohne abzusteigen, einfach weiter. Joschi kaufte noch ein weiteres bescheuertes Cappy und blöde T-Shirts: Er sah wirklich nicht mehr aus, wie ein leitender Ingenieur der Firma Siemens. Auch sonst hatte er sich angepasst, und das war so: Wir hockten vor der Laube, sonnten uns, da rief Joschi plötzlich: „Scheiße!" Also, solche Ausdrücke konnte er nur von mir gelernt haben. Dabei war er sofort in der Laube verschwunden. Jetzt sah ich auch den Grund: Auf dem Weg vor meiner Laube flitzte Soscha, und hinter ihr lief Marco, unschwer zu erkennen an seinem Kampfanzug, und ballerte mit seiner Pistole.

Ich rannte auch in die Laube und schloss die Tür. Soscha hatte sich schnell bei uns versteckt, während Marco unschlüssig in der Kolonie herum strömerte und um sich schoss: Übrigens wurde er von einem Mann begleitet, den wir nicht kannten. Schließlich wurden die beiden von einem wütenden Laubenpieper verjagt.

Wir wagten noch einmal einen Ausflug zu Anna, und diesmal war es ein voller Erfolg: Wir hatten viel zu erzählen, wir tranken Tee aus edlen Tassen, nicht passend zu Joschis Outfit, Anna spielte auf ihrem Flügel, und natürlich brannte die Frage: War da kürzlich die Polizei bei dir? Sie war. Sie wollte wissen, wo ich war, am ersten Juli in der Nacht. Das war leicht zu beantworten: Bei einem Hauskonzert. Und wo habe sie einen Herrn getroffen, für den sie einen Einschreibebrief in Empfang nehmen sollte? Im Zug nach Leipzig.

Es ist schon länger her. Er war ein Musikliebhaber, so haben wir Adressen ausgetauscht. „Seht ihr", sagte Anna triumphierend, „alles hieb- und stichfest".

Die Ereignisse überstürzten sich: Wir wachten auf von Sirenengeheul . Am Eingang zur Laubenkolonie standen mehrere Polizeiautos und zwei Krankenwagen. Wir entwichen durch Adams Pforte. Dann brachte ich Joschi in meinem Zimmer bei Rita unter, was ja im Moment ganz problemlos war. Zurück in der Laubenkolonie erfuhr ich, was geschehen war: Heino, der Oberschreber sei niedergeschlagen worden, ob er noch lebe, wisse man nicht.

Es sei in der Nacht passiert. Die Polizei habe einen Stock sichergestellt und eine Spielzeugpistole, aber die hätte da schon am Tag zuvor gelegen. Ein Inspektor befragte die herumstehenden Leute, ob sie was gesehen oder gehört hätten oder sonst etwas zur Aufklärung des Falls beitragen könnten. Ach, das war ja der Herr Evers aus der Sendung: Lokalzeit Berlin Nord. Ich zögerte etwas, weil ich ja selbst eine gesuchte Person war, kam aber zu dem Schluss, dass mir jetzt, da Joschi sicher in meinem Zimmer bei Rita untergekommen war, keinerlei Gefahr drohte: Ich ging also auf Herrn Evers zu und sagte: „Guten Tag, Herr Evers, ich habe sie in der Sendung gesehen". „Das tut doch jetzt nichts zur Sache, das hat doch mit diesem Fall nichts zu tun", wehrte er ab. „O, doch, denn der Junge Marco, der mit seinem Kampfanzug und seiner Pistole, genau den habe ich gestern in der Laubenkolonie gesehen." Jetzt wurde Herr Evers doch hellhörig. Ich musste alles genau erzählen. Neben mir stand noch einer, der genau zuhörte: Herr van der Tip. „Sie schon wieder? ", sagte Herr Evers.

Am Abend fuhr ich zu Joschi, um die neuesten Entwicklungen brühwarm zu erzählen. Wir beschlossen, vorerst zusammen in der großen Wohnung von Holger und Rita zu bleiben, die ja auch meine offizielle Adresse ist.

Lauter gute Nachrichten: In meiner Mail fand ich ein Angebot für eine Rolle. Der Plot war nicht gerade filmpreisverdächtig, dennoch, ihr werdet verstehen, dass ich mich freute. Im Moment interessierte mich noch etwas Anderes: In der Zeitung war zu lesen, dass eine Gruppe von Medizinstudenten gegen ihren Dozenten revoltiere. Dieser habe den Studenten das Testat für die Psychiatrie trotz bestandener Klausur verweigert wegen unkollegialen Verhaltens. Das wollten wir mit eigenen Augen sehen: Wir hörten die Parolen schon von Ferne. Als wir näherkamen, sahen wir, dass das ganze Gebäude, in dem sich die psychiatrische Station befand, mit Plakaten beklebt war. Die Parolen waren dieselben:

Hütet euch vor Dr. Pratt, weil er keine Ahnung hat bzw.

Hütet euch vor Dr. Pratt.

Er macht die Patienten platt.

Die Polizei versuchte, die Versammlung zu zerstreuen, ohne Eile und einigermaßen freundlich. Von Dr. Pratt war natürlich nichts zu sehen. Normalerweise stoßen revoltierende Studenten auf geringes Verständnis, aber in diesem Fall war zu erfahren, dass diverse Gutachten von Dr. Pratt auf dem Rechtswege angezweifelt wurden, auch wurde vom Entzug der Venia Legendi des Dr. Pratt gemunkelt.

Dem Überfall auf den Vorsitzenden des Kleingartenvereins und Obmann der Laubenkolonie Heinz M. wurden natürlich etliche Artikel in verschiedenen Zeitungen gewidmet. Ein Hinweis einer Zeugin habe sogar zu einer Verbindung mit dem Fall des entflohenen Dr. Joachim E. geführt. Wer war diese Zeugin?

„Hat das denn nie ein Ende"? dachte ich.

Doch, es hatte: Schon zwei Tage später stand in der Zeitung:
Obmann der Laubekolonie Heinz Müller aus dem Koma erwacht. Nach ersten Vernehmungen habe ihn ein fremder Mann in der Nacht von hinten angefallen und geschrien: „Schönen Gruß von Marco!" Das wäre das Letzte, woran er sich erinnern könne.

Nach weiteren zwei Tagen war der Fall geklärt. Die nächste Zeitungsnotiz lautete:

Überfall in der Laubenkolonie geklärt. Es gab tatsächlich einen Zusammenhang mit dem Fall des entflohenen Dr. Joachim Eilers. Die Zusammenhänge sind verwickelt. Herr Dr. Eilers, dessen Aufenthalt nicht bekannt ist, hat einen Sohn Karl Eilers, Verheiratet mit Anja Eilers. Frau Anja Eilers hat einen Sohn Marco mit in die Ehe gebracht. Der Täter Erwin P. ist der leibliche Vater von Marco Eilers und der Exmann von Anja Eilers. Karl und Anja Eilers behaupteten, dass Karls Vater, Herr Dr. Joachim Eilers, dement sei, und dass er sich darüber hinaus an dem Jungen Marco vergriffen habe. Sie stützen sich dabei auf psychiatrische Befunde von Dr. Pratt, die aber nach jüngsten Erkenntnissen mit Vorsicht zu genießen sind. Der Täter Erwin P. hat Herrn Heinz M. niedergeschlagen, weil er diesen für Dr. Eilers hielt.

Nach eingehender Befragung durch die Kriminalpolizei mussten Karl und Anja Eilers zugeben, dass die Unterstellungen gegen Herrn Dr. Eilers haltlos sind.

Nach dieser Botschaft schmiss Joschi als erstes seine Baseballmützen in den Müll, ebenso wie seine mit albernen Bemalungen versehenen T-Shirts. Dann rief er den Anwalt an, mit dessen Hilfe sein Sohn das Entmündigungsverfahren einleiten wollte, und erfuhr, dass davon Abstand genommen wurde.

Drei Tage darauf erschien noch eine ganz kleine Notiz in der Zeitung:

Die Staatsanwaltschaft hat das Verfahren gegen Dr. Eilers wegen erwiesener Unschuld eingestellt. Da sein Aufenthaltsort nicht bekannt ist, teilen wir es auf diesem Wege mit.

25.

Als erster verließ Karl das Haus. Er öffnete das Garagentor, schob ein Fahrrad hervor und radelte davon. Wir mussten nicht lange, hinter Bäumen versteckt, warten, da kamen Anja und Marco heraus und trotteten davon. Als sich die beiden ein gutes Stück entfernt hatten, kletterten wir über den Zaun. Joschi war beschwingt, deswegen ging es erheblich leichter als bei der Flucht. Als ich mich rüber schwang, brüllte jemand von hinten: „Darf ich mal fragen, was das werden soll. „Fragen dürfen sie. Das kann ihnen keiner verbieten", antwortete Joschi absolut korrekt und unbefriedigend für den Frager. Wir gingen in den Garten und fingen an einer bestimmten Stelle an, die Erde aufzuwühlen. Dort habe er vor einigen Jahren einen Ersatzschlüssel vergraben, meinte Joschi und sagte „Mist, wo ist er?" Ich fand derweil einen Spaten und grub tiefer. Da, etwas Hartes, eine Dose, na also: Innen klapperte der Schlüssel, und er passte noch. Wir hatten eine Kollektion von Schlosszylindern dabei und machten uns als erstes daran, diese gegen die vorhandenen auszutauschen. Ihr erinnert euch wohl daran, dass ich es genauso gemacht hatte, als mein Ex 2 aus der Wohnung geschmissen wurde.

Danach suchte Joschi nach seiner Brieftasche, während ich mich daran machte, Karls und Anjas Klamotten aus den Schränken zu reißen. Einen großen Teil verstaute ich in zwei Koffern, der Rest kam in Müllsäcke, dazu alle gebrauchten Laken, Bezüge und Handtücher. „Ich hab sie", rief Joschi. Wir fanden einige Kartons im Keller, in die wir Marcos Kampfausstattung packten, und zuletzt kamen noch einige Lebensmittel, die uns nicht zusagten, in einen alten Plastikkorb. Alles das stellten wir hinter den Zaun, direkt am Bürgersteig. Darüber war es fast Mittag geworden: Zeit für einen Kaffee.

So schnell geht es nicht, heimisch zu werden oder wieder heimisch zu sein: Joschi sprang öfters auf, ordnete hier etwas um, suchte da nach vermissten Dingen oder schaute nach seinen Büchern. Dann hörten wir es heftig und wiederholt klingeln. Wir gingen ins Obergeschoss, öffneten ein Fenster und schauten hinaus. „Was wollen sie?" fragte Joschi. Darauf wirkte Anja ziemlich konsterniert, und Marco suchte nach seiner Pistole, aber offenbar gab es Versuche, ihn zu erziehen, denn er hatte keine dabei. „Ihre Sachen liegen schon griffbereit an der Straße", rief Joschi, und dann klappte er das Fenster zu. Wir beobachteten noch, dass Anja telefonierte.

Nach einer Stunde klingelte es wieder: Karl war gekommen und verlangte, seinen Vater zu sprechen. Wir begaben uns wieder an das Fenster im Obergeschoss, ich hielt mich aber zurück. „Lass uns bitte rein", jammerte Karl, „es war doch alles nicht so gemeint."

Joschi wollte gerade das Fenster schließen, da rief Karl noch: „Ist diese Person bei dir?"

Darauf schrie Joschi: „Ihr habt mich eingesperrt, ich sperre euch aus", und schloss das Fenster. Karl muss geahnt haben, was ihm blühte. Er hatte sich einen Transporter geliehen, verlud die Klamotten, die wir rausgelegt hatten, und fuhr mit Anja und Marco davon.

Die saßen ja nicht auf der Straße, sie konnten in die etwas schäbige Zweizimmerwohnung von Anjas Ex Erwin ziehen, denn Erwin bewohnte neuerdings ein Einzimmerappartement mit integriertem Klo.

In Joschis Haus kehrte Leben ein: Meine Kinder besuchten uns, meine Enkel, endlich tauchten auch alte Freunde auf, sehr erstaunt über Joschis geistige Fitness.

Öfters musste ich jetzt zu Dreharbeiten. Das verbanden wir meistens mit einer Landpartie im alten Mercedes Diesel, denn der geplante Film spielte in einem Dorf. Wir machten auch einen Krankenbesuch bei Heino und brachten als Geschenk eine

Espressomaschine mit (was nicht ganz uneigennützig war). Heino war schon so wach, dass er den neuen Anstrich des Ökoklos anmahnte, aber er hatte Verständnis dafür, dass ich während der Flucht nicht daran arbeiten konnte.

Wir saßen bei herrlichem Wetter mit Anna, Adam und Olga auf der Terrasse: Für Adam gab es Bier und Schinken, alle anderen wollten lieber Tee und Kuchen. Übrigens hatte Adam Werkzeug mitgebracht, unter andrem ein Schweißgerät, und fing sogleich an, das Gitter, das wir für unsere Flucht zersägt hatten, zu reparieren. Plötzlich tauchte Herr van der Pit auf. „Nanu, wo kommen Sie denn her?" fragte ich. Er sagte: „Man nennt mich Tip, die Spürnase. Sie ist immer zur Stelle, wenn es eine gute Story gibt, und hier ist eine." Joschi hatte Bedenken, aber letztlich ließen wir ihn gewähren. Er machte diverse Aufnahmen, besonders interessierten ihn das angesägte Gatter und die eiserne Kellertür. Auch wir alle wurden fotografiert. Dann zulpte er noch ein Bier mit Adam.

Der Zeitungsartikel war ne Wucht. Joschi avancierte zum Spitzeningenieur, ich, die beliebte Schauspielerin Franziska Brandes zur tollkühnen Befreierin, neben mir meine Freundin, die Pianistin und mehrfache Preisträgerin Anna Lindt und dabei auch der Schlossermeister Adam P., der die Strategie des Ausbruchs geplant habe, mit seiner Frau. Besonders hervorgehoben wurde Soschas Rolle als zuverlässige Postbotin.

Epilog

Der Beifall brandete auf, nicht allzu lange, dann wühlten sich die Besucher aus ihren Sitzen, strebten den Getränken entgegen oder flanierten nur auf und ab. Unter diesen war auch ein Paar, das man unter den Linden noch nicht gesehen hatte: Der Herr hatte etwas lichte graue Haare und buschige Brauen. Dazu trug er einen kurz gestutzten Vollbart. Seine Kleidung war altmodisch, aber edel. Die Dame hatte schöne wellige graue Haare, ein schönes gereiftes Gesicht und trug eine winzige Brille, wie Franz Schubert, ihr ewiger Geliebter. Zu ihrem schlanken Körper trug sie ein hoch geschlossenes schwarzes Samtkleid und eine schlichte Halskette. Manche, die Ihnen begegneten, nickten freundlich, weil sie meinten, man müsse das Paar kennen. Es waren Joschi und Anna.

Ja, Anna wohnte jetzt auch bei uns. Wir drei hatten in Joschis Haus jeder einen eigenen Raum, und im Wohnzimmer stand Annas Flügel neben einigen ihrer schönen Möbel.

Manchmal blieb ich die ganze Nacht weg, und niemanden kümmerte das. So zum Beispiel an dem Tag, an dem Joschi und Anna Die lustigen Weiber von Windsor besuchten, ein harmloses Stückchen, aber der Maestro dirigierte persönlich. Ich war auf dem Weg nach Babelsberg, um die Premiere unseres Films zu feiern.

Und der Film? Na ja: Ein offener Sportwagen braust heran, macht bremsend eine schneidige Kurve und kommt auf dem Kopfsteinpflaster vor einem schönen alten, aber etwas pflegebedürftigen Bauernhaus zu stehen. Dummerweise war gleichzeitig ein alter Trecker herangefahren und bewirkte einen kräftigen Schwall aus einer Pfütze, die sich über den Sportwagen ergoss, gerade als der Fahrer desselben, er war übrigens ein sehr attraktiver junger Mann, die Tür geöffnet hatte, um auszusteigen. Es folgte natürlich ein heftiger Disput, bei dem die junge Lenkerin des Treckers durchaus von derber Eloquenz war. Sie trug eine Latzhose, ein altes T-Shirt, war blond und hübsch auf den zweiten Blick. Wenn ihr jetzt nicht wisst, wie das endet, habt ihr noch nicht genug Schmonzetten gesehen. Die junge Frau hieß Laura, betrieb mit ihrer Mutter Irmi (ich) einen Ökobauernhof mit angeschlossenem Ponyhof. Der einzige Helfer war ein öfters besoffener Alter namens Kuttel. Der junge Mann (er hieß Felix) arbeitete für eine Anwaltskanzlei im Auftrag seines intriganten Chefs (gespielt von Tel Ermando, den ihr schon aus unserem Tatort kennt). Er soll Irmi und Laura unter Druck setzen, denn ein Investor, der Golfhotels baut, war scharf auf das Gelände. Die Sparkasse war zugeknöpft bis oben: Der Kreditrahmen für Irmi sei ausgeschöpft. Den Direktor spielte Robert, mein Ex 2. Sein Cowboygang war für die Rolle nicht von Nutzen, stattdessen musste er üben, eine abweisende Visage zu machen. Lieber hätte er einen Reitlehrer gespielt. Meine Rolle war ok.

Für die Kinder vom Ponyhof war ich Tante Irmi, sie stürmten ins Haus und riefen: „Tante Irmi, kochst du uns heute wieder Pfannkuchen mit Kirschen?" Unter den Kindern war übrigens nur ein Junge, er war etwas schwerfällig und wurde ein wenig gemobbt, aber gerade er hat die Intrige aufgedeckt und war dann der große Held. Der Junge Herr Felix war natürlich entsetzt über die Machenschaften und wechselte die Seiten, zumal er sich in Laura verliebt hatte. So einfach ist das nicht, denn jetzt kam eine total aufgedonnerte Frau in einem weiteren Cabrio angesaust, die hinter Felix her war. Sie sah Felix, wollte zu ihm hin, aber in dem Moment kam Kuddel mit einer Fuhre Mist und entlud sie vor ihren Füßen, sodass sie da rein stolperte. Felix und Laura mussten lachen, und das war's denn wohl. Jetzt ratet mal, wer auf meine Empfehlung den Kuddel spielen durfte: Genau, Koko. Er fand den Film Hammer. Wenn er seinen Namen nennt, hört sich das neuerdings an wie: Koko oho oho oho.

Seit Mitte März sind wir im Lock down. So hatte ich genug Zeit, unsere Abenteuer aufzuschreiben. Anna und ich beziehen unsere

Renten aus der Künstlersozialkasse, die jetzt dicke reicht, denn wir wohnen bei Joschi umsonst. Manchmal kommen unsere Kinder und Enkel und vergnügen sich im Garten, während wir drei auf der Veranda sitzen und deren Verpflegung in einem Korb am Seil herunterlassen. Den Einkauf für uns macht Karl. Er ist ins Souterrain gezogen und betreibt seine Scheidung. Wenn er nicht spurt, drohen wir, ihn einzusperren. Gut wäre, wenn er eine kluge fesche Frau fände und einen Sohn bekäme, der doch noch das Zeug zu einem Ingenieur hätte.